L'ARGENT DE MES AMIS

Du même auteur

La Plaisanterie métaphysique ou L'Angleterre pervertie, JC Lattès, 1994.
Scènes de boxe, Stock, 2017 ; Rivages poche, 2019.
Irremplaçables, Stock, 2019.
Deux Cents Noirs nus dans la cave, Rivages, 2021 ; Rivages poche, 2024.

Sous le pseudonyme de Louis Sanders :

Février, Rivages/Noir, 1999.
Comme des hommes, Rivages/Noir poche 2000, 2022.
Taisez-vous, s'il vous plaît, Syros Jeunesse, 2000.
Monsieur Marval est mort, Syros Jeunesse, 2001.
Passe-temps pour les âmes ignobles, Rivages/Noir, 2002.
Les Naufrageurs, Joëlle Losfeld, 2004.
Vie et mort des plantes toxiques, La Table Ronde, 2007.
Victime Delta, Syros, 2007.
La Lecture du feu, Rivages/Noir, 2010.
La Chute de M. Fernand, Seuil, 2014.
Auprès de l'assassin, Rivages/Noir, 2016.

Élie Robert-Nicoud

L'ARGENT DE MES AMIS

Rivages

Retrouvez l'ensemble des parutions
des Éditions Payot & Rivages sur

payot-rivages.fr

Collection dirigée par Émilie Colombani

Le vieux Michel mourut comme il avait vécu : en économisant. Un frisson lui avait parcouru la colonne vertébrale. Un de ces frissons qu'il avait connus toute son existence, tous les hivers dans la cuisine de sa mère, et c'était dans cette même pièce qu'il venait de rendre l'âme. Comme sa mère, il avait songé à mettre une bûche de plus dans la cuisinière à bois pour avoir un peu de chaleur, puis il s'était dit en regardant le tas empilé avec un soin maladif que ce n'était pas raisonnable. Qu'il valait mieux économiser.

Il avait alors ressenti une douleur en travers de la poitrine et il s'était écroulé, le visage sur la table, un bras le long du corps, l'autre replié autour des papiers qu'il était en train de consulter.

C'est dans cette position que le trouva Gilbert, son voisin, son vieux copain. Il s'approcha, lança une plaisanterie croyant que Michel faisait la sieste, puis fut pris de panique devant l'absence d'expression de son visage. Les yeux grands ouverts. Il essaya de le secouer du bout des doigts. Il lui saisit la main, elle était froide, raide, comme en plastique. Il s'assit sur la chaise à côté de Michel puis l'appela doucement, presque comme s'il l'implorait. Il restait hébété. Il demeura là à côté du cadavre de Michel. Puis au bout de quelques secondes, il sentit un picotement dans les yeux. Des larmes. Il y avait combien de temps qu'il n'avait pas pleuré ? Il murmura : « Michel ». Il lui toucha doucement l'épaule, mais ce contact l'effraya. Ce n'était plus comme s'il avait un être humain à côté de lui, juste l'image de Michel, de cet homme qui avait été son ami. Il avait perdu toute notion du temps. Il resta là plusieurs heures, sans oser bouger, sans oser toucher le cadavre.

Il repensa à toutes leurs années d'amitié, ces longs moments qu'ils passaient ensemble devant un verre de pineau, à évoquer les foins d'antan, les bals de village, celui de Villars où à l'époque certains jeunes hommes venaient depuis Périgueux rien que pour castagner. Et à ce souvenir un sourire illumina son visage, là, à côté du cadavre de son ami.

La mère de Gilbert n'avait jamais approuvé cette amitié, parce qu'elle détestait la famille de Michel, les Pauzac, elle disait qu'ils étaient riches, « riches à millions » alors que les Bost, eux, étaient des métayers, des sans-le-sou. Mais Gilbert avait toujours refusé de le croire. Alors sa mère faisait la gueule quand il revenait de chez son ami. Puis quand leurs parents étaient morts, même s'ils les aimaient, leur amitié était devenue plus facile.

Si ses parents et grands-parents avaient travaillé la terre, Gilbert avait décidé, lui, d'aller à l'usine. Et c'était ce qu'il avait fait toute sa vie, une usine de construction de baraques en bois. Il avait attendu la retraite depuis l'âge de quatorze ans. La retraite était venue et elle était maigre.

Michel avait mené une existence toujours plus austère, il ne s'offrait rien, et Gilbert voyait bien là la preuve que sa mère lui avait menti.

Pourtant quand Gilbert avait cessé d'être un paysan pour devenir un ouvrier il avait senti par moments une différence entre lui et Michel. Une autre façon de voir les choses et le temps.

Gilbert se leva, se dirigea vers la cheminée de la cuisine et regarda le souvenir de Vieux-Boucau que Michel avait rapporté de son unique voyage en colonie de vacances, dans son enfance, une bulle avec un pêcheur qui réparait pour l'éternité son filet, assis sur la jetée. Quand on le retournait, la neige se mettait à tomber sur le pêcheur. Il l'avait regardé si souvent, ce globe de plastique avec son pêcheur. Gilbert hésita, puis il prit le souvenir et le mit dans sa poche. Il songea à s'offrir un tour du propriétaire. Ça faisait longtemps qu'il en rêvait. Il alla à l'étage, vit la chambre de Michel, avec juste un lit étroit, une chaise et un fusil sur un râtelier. Il redescendit un peu gêné, comme s'il craignait que Michel ne se réveille et ne le surprenne.

Puis il retourna vers la table et se pencha en avant pour regarder les documents que son ami était en train d'étudier. C'était des relevés de compte. Avec tout un tas de petits chiffres comme des fourmis qui se promenaient sur le papier. Gilbert mit ses lunettes pour voir de près et resta stupéfait devant les sommes que ces petites fourmis additionnaient patiemment. Des sommes colossales. Des générations de sous. Des petites sommes qui s'étaient accumulées en une fortune impensable. Et sous la main de Michel, il y avait une carte de crédit avec un code sur un bout de papier jauni arraché à un calepin, quatre chiffres dans une écriture ronde d'école primaire. Gilbert ne s'en étonna même pas. Sa mère faisait la même chose. Et sa femme. Il les avait prévenues que ce n'était pas prudent et elles haussaient les épaules en disant : « Qu'est-ce que tu vas chercher là ? » C'était comme les économies dans les boîtes de galettes bretonnes.

Chaque fois que Gilbert avait évoqué ses ennuis d'argent, Michel avait hoché la tête d'un air compréhensif. L'air du gars qui sait ce que c'est, qui a connu ça et qui n'en est pas encore sorti. À cette pensée, Gilbert ne put s'empêcher de secouer la tête d'un air un peu amer. Puis il plongea la main dans sa poche et sentit le globe de plastique avec le pêcheur, il le sortit, le retourna et il crut un instant que les flocons de neige se transformaient en billets de banque, il crut même que le vieux marin lui souriait.

*

> « Madame, Monsieur, j'attire votre attention sur le solde de votre compte n° 30004 030 863 0 000 001 954 63, qui à la date du 03.08.2003 est toujours débiteur et ce depuis le 01.06.2003, soit bien au-delà des 15 jours autorisés.
> Or selon les articles, L 11-1 et suivant du Code de la... »

Il ne lut pas la suite. Il avait déjà compris en regardant l'enveloppe aux armes de la banque qui gisait maintenant froissée à ses pieds, sur le sol de terre sec. Il sentit comme une contraction des muscles de la poitrine, puis l'air chaud. Pourtant il eut froid, tout à coup, ses poumons se remplissaient de glace. La lumière d'été devint éclatante comme dans ses rêves les plus désagréables. Il remarqua en baissant à nouveau les yeux vers la lettre qu'il tremblait légèrement. Un vague gribouillis faisait office de signature. En haut on pouvait lire « dossier suivi par monsieur Lapierre Jean. »

Il entendit la voix de sa femme qui s'échappait de la cuisine.

« Du courrier ? »

Ses yeux le piquaient, comme s'il venait d'éplucher des oignons.

Il se racla la gorge et répondit :

« La banque. »

Elle apparut sur le seuil de la maison dans sa robe de chambre, décoiffée, une mèche blonde lui tombait en travers du front. Elle fronçait les sourcils. Mais ce n'était pas pour se protéger de l'éclat du soleil.

« Rien d'autre ? demanda-t-elle.

– Rien d'autre.

– Qu'est-ce qu'on va faire ? »

Il haussa les épaules. Il restait immobile. À la regarder sans trouver de réponse à cette question qu'elle lui avait posée mille fois depuis deux ans, à toutes les heures du jour et de la nuit.

*

Gilbert venait de quitter la maison de Michel. Il n'avait rien touché. Il n'avait pas prévenu les gendarmes, ni un médecin, ni la mairie, ni aucune de ces personnes que l'on prévient à la campagne face à « un macchabée » comme il disait. Il était rentré chez lui, à une centaine de mètres de là, toujours hébété, tant par le spectacle de la mort, la présence du corps inerte d'un homme qui avait été un ami toute sa vie, que par les sommes fabuleuses qu'il n'avait pas pu additionner sur ces relevés de compte.

Il s'assit à la table de sa cuisine, au milieu de ses souvenirs, face à une assiette contenant quelques tranches de hareng et des pommes à l'huile. Il mangeait avec des gestes lents et mécaniques. Il avait le regard dans le vague.

Il ne trouva pas le sommeil. Cette nuit-là, il songea à aller chercher une bêche et à enterrer Michel dans son potager. Sans rien dire à personne.

Le lendemain, il décida d'aller au marché de Thiviers. Mais avant, il retourna chez Michel. Le corps avait raidi. On aurait dit un mannequin de cire. Il savait qu'il ne resterait pas raide comme ça indéfiniment. Il songea que Michel avait dû mourir peu de temps avant qu'il ne passe la veille. Puisqu'il faut dix, douze heures avant que la raideur cadavérique s'installe. C'était les pompiers qui l'avaient expliqué à Gilbert quand il s'était réveillé à côté de sa femme, morte dans son sommeil. Il y avait quelques années de ça.

La carte de crédit était là, avec le code. Sous les doigts de Michel. Gilbert souleva sa main légèrement, prit la carte et la mit dans sa poche.

*

Ann porta sa cigarette à ses lèvres et aspira la fumée avec un petit bruit de succion rapide. Elle fumait des roulées depuis un an et demi et disait à tout le monde que c'était ce qu'elle préférait maintenant. Que le goût du tabac était meilleur. Et qu'il y avait moins de produits chimiques, même si elle avait l'impression d'être une pauvresse quand elle sortait son attirail à la fin d'un repas, les filtres, les papiers, et la blague à tabac en plastique.

« Qu'est-ce qu'on va faire ? répéta-t-elle.

– On va bien se débrouiller, répondit-il d'une voix tremblante, qui manquait de conviction. Comme d'habitude, ajouta-t-il. On a connu pire. »

Elle ne dit rien. Elle écrasa sa cigarette, se mit à en rouler une autre immédiatement.

« Tu fumes trop, dit-il, tu devrais essayer de ralentir.

– Oh, je t'en prie. »

Il but une première gorgée de café et se brûla les lèvres.

« Quelle heure est-il ? » demanda-t-il encore une fois.

Elle sortit sa montre de la poche de sa robe de chambre. Elle la mettait là parce que le bracelet s'était cassé, il y avait quelques jours de ça, et dans leur situation ça paraissait idiot d'en racheter un, surtout qu'il lui fallait du cuir, parce qu'elle était allergique au plastique.

« Il ne reste plus grand-chose à manger », déclara-t-elle. Comme un reproche.

Il calcula qu'on était samedi. Elle avait raison, il fallait faire les courses l'après-midi, après la fermeture de la banque. Il ne pensait pas que sa carte serait rejetée. Il avait encore une carte Visa Gold. Du temps d'avant. Quand ça tournait encore et qu'on acceptait ses articles sans problème au *Mail*, parfois dans un magazine, et qu'il tenait une rubrique hebdomadaire, une autre mensuelle. Oui, ça tournait. Donc, il fallait remplir le réfrigérateur et tenir jusqu'à la prochaine rentrée d'argent. Le seul problème c'était qu'il ne savait pas encore d'où elle viendrait.

« Il faut faire une liste, dit-il. On ira à Lidl cette après-midi. Il reste du thé ?

– Oui, il en reste encore. »

Il savait ce qu'elle allait lui demander. Et la question se présenta dans la seconde.

« D'où est-ce que tu vas toucher de l'argent la prochaine fois ?

– Je vais appeler Jimmy au *Mail*.

– Tu crois qu'il te prendra un article ? »

Il était sûr que non.

« Ou peut-être que je pourrais leur faire un article sur un truc de la région dans un supplément du week-end.

– Tu crois ?

– Il faudra bien que j'essaye.

– Tu ne peux plus emprunter à tes parents ? »

Il secoua la tête.

« Non, je ne peux pas. Je n'ose pas les appeler. Et puis ils n'ont plus les moyens. »

Ses parents, à elle, étaient morts depuis six ans. Ils leur avaient laissé un petit héritage. Il n'en restait rien.

« Et Mark ?

– On lui doit déjà deux mille euros.

– Tu ne crois pas qu'il pourrait nous en prêter encore cinq cents ?

– Non.

– Deux cents ?

– Non, non, je ne veux pas lui demander.

– Et si on demandait à…

– Écoute, ne panique pas, laisse-moi réfléchir. Je pourrais peut-être négocier une autorisation de découvert plus importante à la banque.

– Tu crois ?

– J'appellerai mardi. »

Ils gardèrent le silence pendant quelques instants. Elle jouait avec le bord de sa tasse, passait son doigt tout autour comme si elle espérait en sortir un son.

« Tu veux un autre café ?

– Non.

– T'es sûr ?

– Bon, allez, un dernier. »

Elle se leva pour le préparer, prit la lettre de la banque et la posa sur le buffet à côté des autres papiers. Des factures, des derniers avertissements avant poursuite, des dépliants publicitaires annonçant qu'il y avait des promotions sur le vin, sur le cochon, sur les fournitures scolaires et les écrans plats.

Comme elle versait l'eau, ils entendirent les enfants qui sortaient de leurs chambres à l'étage et qui commençaient déjà à se chamailler et à se plaindre de leurs voix traînantes et aiguës. Elle releva les yeux, exaspérée, vers le haut de l'escalier et se brûla la main avec l'eau bouillante. Elle poussa un cri. Puis se tourna vers les enfants qui descendaient et se mit à les engueuler.

Il la regarda sans rien oser dire. Sans oser interrompre le flot de reproches et de récriminations qui s'échappait tout d'un coup de sa bouche.

Les enfants étaient restés interdits au milieu de l'escalier et la regardaient sans broncher, muets. Puis quand la stupéfaction fut passée, la petite se mit à pleurer.

« Tu devrais te passer la main sous l'eau froide. Pas trop froide, dit-il. Il ne faut pas…

– C'est bon, c'est bon », répondit-elle avec impatience.

Puis elle ajouta :

« Je retourne me coucher. » Elle remonta les marches d'un pas lent et lourd comme si elle venait de prendre vingt ans d'un coup.

Les enfants s'installèrent autour de la table. Et la petite demanda :

« Il reste des Rice Krispies ?

– Là, idiote ! répondit le garçon. »

Il regarda ses enfants en se demandant ce qu'il ressentait à ce moment précis. Il aurait voulu que sa femme ne remonte pas se coucher. Il avait besoin d'elle, même si c'était pour rester assis à côté de lui sans rien dire. L'idée qu'elle était retournée au lit en emportant sa tasse de café l'accablait. Il se demanda s'ils n'étaient pas paresseux finalement, s'ils n'étaient pas dans cette situation parce qu'ils ne travaillaient pas assez, contrairement aux gens qui acceptaient d'avoir un emploi, de se lever tous les matins à la même heure, qui gagnaient toujours la même somme à la fin du mois et ne dépensaient pas plus. Comme ses parents qui lui prêtaient maintenant de l'argent presque tous les six mois. Il se demanda si à quarante-deux ans, il pourrait enfin les imiter. Trouver un boulot. Il songea que c'était trop tard. Et pour Ann aussi qui avait trente-huit ans.

Il sortit dans le jardin en emportant son café, laissant les gosses dans la cuisine, occupés à renverser du lait et des céréales sur la table de ferme française qu'ils avaient achetée peu après leur arrivée. Il lança un regard vers le pan du toit de la grange qui menaçait de s'écrouler. Ils avaient fait faire un devis. Il avait été stupéfait par la somme qu'on leur demandait pour réparer cette bâtisse inutile. Maintenant, ce n'était même plus la peine d'y penser, mais il s'inquiétait encore un peu, quand même, à cause de ce que pourraient dire les voisins dans le hameau.

*

Gilbert tira des billets au distributeur de la BNP de Thiviers avec la carte de Michel. Cent euros pour commencer. Et pourquoi seulement cent euros ? Il en tira deux cents. Puis encore cent. C'était jour de marché. Il s'offrit deux, non trois nouvelles chemises à carreaux, deux paires de sabots en caoutchouc tout neufs. Une radio. Il but un Ricard sur une terrasse. Puis il se rendit en voiture à Saint-Pardoux où il alla à l'Hôtel de France commander le menu gastronomique. Il en sortit gavé mais heureux, un peu saoul. Avant de rentrer chez lui, il passa chez le traiteur pour acheter de la liqueur de noix, une bouteille de pineau, deux de pécharmant, et des rillettes. Et puis aussi du foie gras bien sûr. Il avait failli oublier, comme quoi d'être pauvre, ça donne des réflexes idiots, on surveille ses dépenses quand c'est pas nécessaire.

Il avait encore de l'argent au fond de sa poche. Il eut envie de rire, puis de remercier Michel, puis de rire à nouveau. Comme si c'était une bonne blague. Sacré Michel avec tout son fric.

Il repensa à toutes ces années passées à se serrer la ceinture avec Yvonne, parce qu'ils n'avaient pas eu le choix. Finalement, il prenait une revanche sur la vie, pour Yvonne et pour sa mère. Est-ce que c'était une revanche sur Michel aussi ? Il décida de ne pas se poser la question.

Quand il arriva au hameau, il ne trouva pas immédiatement la force de retourner chez Michel. Il s'offrit d'abord un petit verre d'alcool de noix. Il attendit la nuit en se disant : « Et maintenant ? »

Puis, à la faveur de l'obscurité, il remonta encore une fois le chemin qui menait chez le mort.

Toujours à sa place. Quand Gilbert le vit, il eut un remords. Affalé là sur la table de la cuisine, tout seul, pendant que lui, Gilbert, s'était gobergé. Il fallait faire quelque chose pour lui. Par respect.

Il essaya de le soulever. Pas facile. Il fallut le traîner jusque dans la chambre. Il l'avait saisi sous les aisselles et il le tirait en arrière, les talons des bottes en caoutchouc de Michel couinaient sur le carrelage. Il le hissa dans l'escalier, marche après marche. Il s'arrêtait souvent pour souffler. La tempe de Michel appuyait contre sa joue et il sentait l'odeur aigre de ses cheveux. Sur le palier, il le laissa retomber. Et il songea : « Putain, il pèse un âne mort », et il s'en voulut immédiatement d'avoir ainsi formulé sa pensée. Il s'adossa au chambranle de la porte, reprit son souffle et se dit : « À mon âge quand même ! » Puis il se retroussa les manches comme il avait l'habitude de le faire parce qu'il n'était pas un fainéant et finit de traîner Michel jusqu'au lit. Il l'allongea sur le couvre-lit rapiécé presque avec tendresse, comme on ferait d'un malade. Il hésita à le laisser là comme ça. Il chercha une couverture, un drap, par gentillesse en quelque sorte. Un geste protecteur. Il n'y avait pas d'armoire dans la chambre à coucher.

Il songea à repartir. La nuit tombait. Et c'est là qu'il entendit un aboiement et qu'il pensa : « Merde, le chien ! »

*

James pressentit qu'il ferait chaud toute la journée. Il s'assit sur une des chaises de jardin sous le grand noyer et regarda les bâtiments autour de lui comme dans un rêve. Cette ferme périgourdine qu'ils avaient achetée pour une bouchée de pain et qui avait englouti deux héritages...

Il regarda sa montre. Il était onze heures. Combien de temps Ann allait-elle encore rester à somnoler ou à lire entre leurs draps défraîchis.

Son fils William sortit de la maison à son tour et vint lui demander si on pourrait l'emmener en voiture chez François cette après-midi parce que le grand-père de François voulait les amener à la pêche à l'étang de Saint-Saud et est-ce qu'on pourrait aussi lui acheter une canne à pêche parce que c'était gênant de toujours emprunter celle de François. James répondit qu'il n'avait pas le temps, qu'ils avaient des choses à faire.

« Mais on ne va pas faire des courses cette après-midi ?

– Si.

– Alors vous ne pouvez pas me déposer au retour chez François ? Pourquoi pas ? »

Il ne trouva rien à dire.

« Pourquoi ? insista William.

– Je ne sais pas, on verra.

– On verra quoi ?

– J'ai dit on verra. Tais-toi maintenant. Va jouer ou va lire, fais quelque chose.

– Et pour la canne à pêche ?

– Pas pour le moment, plus tard.

– Quand ?

– Je ne sais pas.

– Pourquoi ?

– Parce qu'on n'a pas les moyens pour le moment.
– Il y en a à dix euros.
– J'ai dit pas pour le moment.
– Mais…
– Arrête ! Tais-toi, laisse-moi tranquille ! Retourne dans la maison. J'ai dit non, si tu continues à insister tu n'auras rien du tout. »

Et William repartit d'un air boudeur, en traînant les pieds. « C'est bizarre, songea son père en le voyant s'éloigner, il a une démarche de Français, le dos légèrement voûté, il ne met pas ses épaules en arrière. On dirait un paysan. Il va finir par ressembler à Gilbert ou au vieux Michel. » Et parfois même il revenait de la cantine de l'école en empestant l'ail.

Le téléphone sonna, il se leva et courut pour avoir la communication avant que le répondeur se mette en marche. Leur fille Jenny avait déjà décroché et elle parlait dans un anglais hésitant avec la personne au bout du fil. Puis sans dire au revoir, sans transition, elle tendit le téléphone à son père qui venait d'entrer.

C'était John, un ami, qui voulait les inviter à dîner le soir même. Il accepta sans hésiter. Parce que John et sa femme Alice étaient pauvres eux aussi et qu'ils pouvaient passer des soirées entières à parler de leurs ennuis d'argent et à en rire ensemble, comme si tout à coup ça ne comptait plus.

En attendant que sa femme se réveille pour aller faire les courses, il se rendit dans son bureau. Il alluma l'ordinateur et se mit à lire les nouvelles du monde. Il alla d'abord aux pages sport. Il avait toujours eu un faible pour Tottenham et il se renseigna sur les derniers transferts avant le début de la saison. Tout le monde était riche sur cet écran. Fabuleusement riche. Sauf les très pauvres bien sûr, ceux qui se livraient à des guerres civiles dans des pays déjà pauvres et ceux qui vivaient dans des bidonvilles. Au temps où ça marchait pour lui, James était allé faire un reportage en Afrique du Sud, à Kliptown, le bidonville de Soweto. Il avait vu là une misère extrême, et il s'en souvenait parfois dans les moments difficiles, il regardait autour de lui, tout ce qu'il possédait, et il se disait « on n'est pas à Kliptown ». Mais ce petit réconfort ne durait pas.

Il y avait en plus des sportifs, des acteurs, des metteurs en scène, des politiciens sur l'écran. Tous des riches. Il lut un article sur les hésitations d'un joueur à quitter Fulham pour Tottenham et sur les tractations entre les dirigeants des deux clubs. Puis il s'en voulut de s'inquiéter des résultats sportifs de onze millionnaires qu'on s'échangeait à coups de fortunes et de leurs managers. Il y avait des nouvelles de la Bourse. Le frère d'Ann était trader. Ils ne se parlaient plus, c'était dommage d'ailleurs parce que pour emprunter de l'argent… il lut la moitié d'un article sur la politique étrangère du gouvernement britannique. Puis il parcourut les sites Web de plusieurs journaux anglais en se convainquant plus ou moins qu'il travaillait, qu'il cherchait des sujets. Il fit ensuite une patience sur l'ordinateur en se disant que s'il gagnait, ce serait le signe que tout finirait par aller mieux.

*

Lapierre sortit avec vingt minutes de retard de l'agence de Nontron. Il avait passé les quatre-vingt-dix dernières minutes avec les Combes. Deux miséreux millionnaires qui étaient venus déposer encore quelques billets sur un de leurs comptes. Ils avançaient courbés, le corps fatigué, l'œil vif et méfiant, comme les paysans des livres pour enfants écrits par des citadins. Leurs comptes épargne menaçaient d'exploser s'ils déposaient encore cinquante centimes, leurs assurances vie étaient grasses et repues. Ils ne possédaient pas d'actions, parce qu'ils n'aimaient pas le risque et qu'ils étaient patients. Ils versaient maintenant trente euros tous les mois sur un compte à part en vue de leurs funérailles, comme ça, leur enterrement leur coûterait moins cher. Ils se servaient de leur chéquier pour payer les notes d'eau et d'électricité, des sommes toujours dérisoires. Ils ne possédaient pas de cartes de crédit. Quand ils ouvraient un nouveau compte épargne sous une forme ou une autre, avant de signer le contrat ils le lisaient dans son intégralité. D'abord Monsieur, puis Madame. Le moindre alinéa, le moindre paragraphe était passé au crible. Parfois, ils relevaient la tête et demandaient des précisions.

Comme ils étaient de gros clients, Jean Lapierre se rendait parfois chez eux dans un hameau où ils étaient les derniers habitants permanents avec les Anglais qui s'y étaient installés, il y avait quelque temps. Il s'asseyait à la table de la cuisine, posait les papiers de la banque sur la toile cirée encore collante de dizaines de repas et buvait un verre de pineau fait maison pendant qu'ils examinaient les contrats. Il buvait à petites gorgées pour ne pas avoir à en prendre un deuxième. Il n'aimait pas le pineau. Il observait la cuisine en se demandant chaque fois quelle était la nature de ses sentiments envers ces gens. Il allait de l'agacement à la pitié. Parfois il éprouvait même de la sympathie pour ces deux vieux. Les Combes n'avaient pas d'enfants. Ou plus exactement, ils n'en avaient plus. L'aîné s'était tué dans un accident de voiture et sa photo trônait sur le buffet, dans un cadre doré, orné d'un petit ruban noir en travers du coin supérieur droit. Le cadet s'était suicidé récemment à l'âge de cinquante-huit ans avec son fusil de chasse. Lui n'avait pas eu droit aux honneurs du buffet. Il était mort endetté et leur inspirait encore de la honte. Il était alcoolique aussi, c'était moins grave, mais ça s'était su dans le pays.

Depuis deux ans, maintenant, les Combes avaient pris une habitude étrange. Même s'ils versaient de l'argent sur leurs comptes épargne et parfois sur le compte courant pour payer les factures, ils demandaient qu'on leur apporte une fois par mois une grosse somme en liquide. Il arrivait que cette somme représente trois fois le salaire de Lapierre. On ne savait pas ce qu'ils en faisaient. Ils cachaient les billets sûrement. Il n'y avait là aucune logique, mais on ne s'en étonnait pas. Des coupures de deux cents euros. Il leur avait dit à plusieurs reprises que ce n'était pas prudent d'avoir tout ce liquide chez soi. Mais toujours, ils lui répondaient : « Oh, vous en faites pas, monsieur Lapierre, là où c'est, personne le trouvera. »

Il était sûr qu'ils cachaient les billets sous le matelas.

*

« Merde, le chien », se répéta-t-il mentalement. Gilbert sortit dans le jardin. Michel gardait son chien dans une cage, comme les chasseurs, à côté d'un appentis où des bûches s'entassaient depuis des décennies. À côté d'un établi voilé qui supportait encore un bol blanc ébréché. Le chien ne sortait jamais de sa prison, Michel n'avait jamais aimé la chasse. Pas tant parce que la souffrance animale le répugnait que parce que la gaieté des poivrots qui se retrouvaient dans les cabanes de chasse le révulsait. Puis il répétait souvent que quand t'additionnes le coût du permis, des cartouches, et de l'essence, ça vaut pas le coup, vaut mieux acheter sa viande.

Mais il avait un chien, parce qu'on a toujours un chien. Un bâtard d'épagneul, de caniche et de toutes sortes de choses. Il n'avait pas de nom. Michel disait simplement « le chien ».

Gilbert avait trouvé dans le réfrigérateur de Michel une boîte de pâtée ouverte. Pourtant, la plupart du temps, Michel nourrissait son chien avec des bouts de viande rapportés de chez le boucher, qu'il ne payait pas. Et qu'on acceptait de lui donner parce que Michel était vieux et avait toujours été vieux.

Gilbert se rendait bien compte qu'il ne pouvait pas amener l'animal à la SPA, ni le tuer au fusil. Il ne pouvait pas l'adopter non plus. On aurait fini par se demander ce que faisait le chien de Michel chez lui. Il ne pouvait pas se résoudre à annoncer la mort de Michel « officiellement ». Il avait encore besoin de son argent. Ce n'était pas de sa faute, à lui, Gilbert. Et puis il se demanda même si Michel qui n'avait pas d'héritier, à part son neveu qu'il ne voulait plus voir, si Michel n'aurait pas été d'accord finalement, pour que son vieux copain Gilbert se paie un peu de bon temps avec son argent. Michel avait toujours été trop austère de toute manière. Ce ne serait pas pour longtemps, en plus. Quelques jours, une semaine. Une semaine et demie au maximum.

Michel devait avoir de la mort-aux-rats quelque part. Combien de mort-aux-rats fallait-il pour empoisonner un chien ? Il en trouva deux boîtes dans la cabane de jardin, qu'il mélangea avec le reste du pâté dans un bol. Il se dirigeait maintenant vers la cage.

Quand le chien vit Gilbert, il lui fit la fête.

*

Des Roms étaient installés à l'entrée du parking de Lidl. Ils mendiaient. James les considéra avec crainte, comme un mauvais présage. Il fit en sorte de ne pas les regarder dans les yeux. Puis ils sacrifièrent au rituel du supermarché en famille. Ils achetaient toujours la même chose avec une régularité accablante. Les gosses s'accrochaient au chariot et réclamaient des friandises qu'on leur refusait. James remarqua qu'Ann prenait plus de vin que d'habitude. Du vin d'Afrique du Sud, fort et liquoreux avec des bouchons en métal qui se dévissent. Il se souvint à ce moment-là qu'ils avaient été invités le soir et il déclara :

« Au fait, j'ai oublié de te dire, on a été invités chez John et Alice ce soir.

– Ce soir ?

– Oui, j'ai oublié de te le dire, il a appelé ce matin quand t'étais au lit.

– Ah ?

– On devrait peut-être acheter une meilleure bouteille. Pour la leur apporter.

– Pourquoi ?

– Je ne sais pas, ce serait mieux, peut-être, non ? Parce que ce vin, c'est… je ne sais pas…

– Ça fera l'affaire.

– Mais…

– Ils comprendront, ce n'est pas le moment de faire des frais inutiles. »

Il continua à avancer dans la lumière crue du magasin, en se demandant comment il allait la convaincre d'acheter un vin plus cher. Ils passèrent devant les alcools et ce fut lui cette fois qui fut tenté de mettre une bouteille de whisky dans le Caddie, mais il se retint. Il boirait de la bière à la place. Même s'il commençait à avoir un peu de ventre. Ils allèrent ainsi de solution de rechange en solution de rechange, avec un pincement à l'estomac chaque fois qu'ils tendaient le bras pour prendre un bocal ou une boîte de conserve qu'ils considéraient « au-dessus de leurs moyens pour le moment ». Tout ce qu'ils achetaient l'écœurait d'avance, mais il ne savait pas si c'était parce qu'il en avait marre de bouffer toujours la même chose ou parce qu'il avait peur de l'addition qu'on lui présenterait à la fin.

Il passa devant les T-shirts, il aurait voulu en acheter un, il aurait voulu acheter n'importe quoi, des pantoufles hideuses, un pèse-personne, des outils de jardinage, n'importe quoi, pour oublier l'espace de quelques secondes qu'il ne fallait pas. Il se rendit compte que pour lui c'était ça maintenant le luxe, ce n'était plus un séjour à Venise dans un palace somptueux, une soirée dans un casino à parier et à perdre des sommes folles, non, le luxe c'était d'acheter dans un supermarché dégueulasse quelque chose d'inutile comme des cornichons, sans avoir à s'en faire. Et comme il en prenait conscience, il se sentit submergé par une bouffée de haine pour lui-même, pour sa situation, pour tous ces gens sans argent autour de lui, pour ses parents modestes et son passé et pour tous les choix qu'il avait faits dans sa vie.

Ils firent la queue avec des Hollandais qui achetaient de la bière eux aussi et toutes sortes de biscuits allemands.

« Attends », fit-il, en s'adressant à Ann.

Il retourna au rayon des vins à toute vitesse, trouva un bordeaux semi-acceptable, revint en courant à la caisse et mit la bouteille dans le Caddie puis haussa les épaules.

« Ça me gêne sinon, d'arriver chez les gens avec du mauvais vin, expliqua-t-il.

– C'est comme tu voudras », conclut-elle.

*

Saloperie de chien. Il était là à tourner sur lui-même à agiter la queue, on avait presque l'impression qu'il souriait en bavant. Et Gilbert resta interdit avec son bol de poison à la main. Le chien aboya. Posa ses deux pattes avant sur le grillage comme s'il avait quelque chose à dire à Gilbert qui le regardait dans les yeux, toujours stupéfait.

Saloperie de chien, songea-t-il encore une fois. Puis il tourna les talons en remportant son bol de poison et en se disant que maintenant, il fallait qu'il aille acheter à manger à ce cabot parce qu'il n'y avait plus de viande ni de pâté.

*

Quand il se mit au volant de sa voiture, Jean Lapierre vit James et Ann Thompson qui passaient devant lui en redescendant la Grand-Rue. Ils avaient l'air soucieux, il leur fit signe mais ils ne le remarquèrent pas. James lança un regard rapide vers le tableau de bord.

« On a assez d'essence pour la semaine », déclara-t-il pour se réconforter en espérant que ça aurait le même effet sur Ann.

Elle ne répondit pas.

Il songea alors au tiroir-caisse qui s'était ouvert sous ses yeux. À la pile de billets de cinq cents euros. Les cent euros juste à côté. Chez Lidl la clientèle payait souvent en liquide. Il se prit à rêver, il tendait la main, saisissait la liasse et partait en courant. Et personne ne le rattrapait, même si dans son rêve il omettait de voler une voiture pour commettre son braquage. Ou alors dans une variante du même rêve qu'il développa comme ils prenaient la route de Saint-Pardoux, il était de mèche avec la caissière, c'était elle qui lui glissait le liquide discrètement, sans que les Hollandais remarquent quoi que ce soit, et ils partageaient le tout plus tard. Environ deux mille euros. Non, trois mille, encore mieux.

« À quoi tu penses ? demanda Ann.

– À rien », répondit-il.

Puis après un moment, comme par réflexe, il ajouta : « Et toi ? »

Elle répondit en demandant : « Tu crois qu'on va s'en sortir ?

– Mais oui, on s'en est toujours sorti. On a connu pire. »

Ni elle ni lui ne le croyaient, ils n'avaient jamais connu pire, ils ne voyaient aucun salut sur l'horizon à part une soirée alcoolisée chez leurs amis.

De retour à la maison, ils ne prirent pas la peine de vider la voiture immédiatement. Ann dit aux enfants d'aller jouer dans le jardin. James monta dans son bureau, fit une autre patience sur l'ordinateur, perdit, recommença, perdit à nouveau, puis il consulta les pages faits divers d'un journal local. Il tomba sur l'histoire d'un Anglais qui avait été sauvé de la noyade à Royan et qui recherchait ses sauveteurs pour les remercier. Il téléphona au *desk* du *Daily Mirror* pour leur proposer un papier là-dessus. Il s'embrouilla dans ses explications, au fur et à mesure qu'il la racontait son histoire lui paraissait à lui-même d'une banalité affligeante. Finalement son interlocuteur lui répondit : « C'est pas pour un journal national, désolé », et raccrocha. James était d'autant plus vexé que le type avait raison. Il reposa le téléphone. Il était encore frappé par la vitesse de l'élocution du journaliste qui lui avait répondu. Comme s'il vivait sur un autre rythme, avec plus d'énergie, dans l'urgence et l'efficacité. Lui, depuis son installation en France, s'était enfoncé dans une torpeur qui soudain lui paraissait suicidaire. Il connaissait les rédactions des journaux pourtant, il s'en était tellement éloigné que dans son imagination, le journaliste qui venait de lui parler avait l'air de sortir d'un film des années cinquante. Tout juste s'il ne le voyait pas avec une carte de presse coincée dans le ruban de son chapeau.

Il lut la suite des faits divers : un accident de voiture avec deux blessés, un début d'incendie dans une grange, très vite maîtrisé. Un marchand de cannabis arrêté à Bordeaux. Cette dernière information le laissa rêveur quelques instants. Non pas parce qu'elle l'excitait, mais parce qu'il se demanda ce que pouvait gagner un petit vendeur de cannabis dans la région. Il savait que beaucoup d'Anglais et de Hollandais, ainsi que quelques Allemands s'étaient fait arrêter dans le coin pour avoir fait pousser de l'herbe. Mais on ne pouvait pas les arrêter tous. Et puis quoi, ils avaient pris deux mois de prison ferme, même pas ? On avait arraché leurs plants. Et après ? Il n'avait aucune idée de ce que rapportaient cent grammes de cannabis mais il songea que ça vaudrait sûrement le coup. Le problème c'était la distribution, il n'allait quand même pas se mettre à la sortie des écoles et des lycées pour fourguer de la drogue. Et puis, il s'imaginait sans peine, arrêté, interrogé par les gendarmes, menotté devant sa famille.

Il était trop vieux pour tous ces trucs-là. Il alla voir sur un site qui recrutait des traducteurs. Il remplit les questions qui permettraient de dresser son profil. On lui fit savoir que son profil intéressait effectivement l'agence de traduction en ligne et on lui demanda deux cents euros pour s'inscrire. Il ferma l'onglet et fit une nouvelle patience. Il gagna cette fois. Il regarda sa montre. Il était déjà six heures, il pouvait se mettre à songer au dîner.

*

Jean Lapierre était maintenant assis chez lui, dans ce qu'il appelait son bureau, comme il avait été assis toute la journée à l'agence de Nontron. Parfois il devait se déplacer, à Thiviers ou à Brantôme. Il était de nouveau devant un écran d'ordinateur qui baignait son visage d'une lumière bleutée. Un sourire amusé se dessinait sur ses lèvres. Il hésita à allumer encore une cigarette, songea que ce ne serait pas raisonnable et céda à la tentation.

Il tapa le numéro de compte de Lassalle. Il aimait bien Lassalle et il commençait à s'inquiéter un peu pour lui. Depuis quelques semaines il dépensait sans compter. Il le voyait bien, là, cent et quelques euros dans un restaurant de Limoges, puis des billets SNCF et des retraits de liquide à Paris. Qu'est-ce qu'il pouvait bien foutre ? Il allait finir par avoir des ennuis et Lapierre savait que ses parents ne pourraient lui venir en aide aussi facilement. Il regarda l'épargne de son client. Il avait transféré du fric sur son compte courant depuis son livret A que ses parents alimentaient chichement tous les mois. Jean Lapierre était sûr qu'il avait rencontré une fille. On avait dû lui prêter un appartement puisqu'il n'y avait pas de note d'hôtel. À moins qu'il n'ait payé avec le liquide, mais c'était peu probable. Il regarda le compte du frère Lassalle, Jacquot, le plus sérieux des deux. Il vit que ses vacations de pompier étaient tombées, ça faisait quatre mois qu'il les attendait. Cent trente et quelques euros.

Il alla voir sur le compte des Thompson, ils allaient bientôt avoir des problèmes, ceux-là. D'ailleurs, il n'avait même pas besoin de consulter leur compte, il avait suffi de voir leurs fronts plissés quand ils étaient passés devant lui, crispés à l'avant de leur voiture. Ils n'achetaient que de la bouffe, cent vingt euros à Lidl, quarante-cinq à Simply, cent trente à Auchan. Et parfois des commandes sur Amazon. Huit euros quatre-vingt-dix, quatre quatre-vingts, il aurait bien aimé savoir ce que c'était exactement. Sûrement des films, à en juger par les sommes dépensées. Peut-être des livres d'occasion. Toutes ces pièces, tous ces billets, ces chèques et tous ces doigts qui s'agitaient pour gagner de l'argent et le ressortir des distributeurs, pour signer des chèques. Lui, Jean Lapierre, avec le bout de ses doigts, il pouvait voir tout ça, tous ces fourmillements. Des nuits entières. Il aimait ces nuits, seul chez lui, à lire dans les chiffres, les petites difficultés, les petits espoirs, les petites craintes et les petites folies de tous ces gens qui l'entouraient et qui se faisaient beaux ou au moins propres pour venir le voir dans son bureau de l'agence.

Il y avait au bout de ces additions, de ces soustractions, des émotions étonnantes ; il était là, comme Champollion devant ses hiéroglyphes, à reconstituer patiemment les drames, les angoisses, les attentes, les joies même parfois, qui se cachaient derrière ces colonnes de chiffres.

Parfois, il était pris de vertige quand il additionnait les avoirs de certains couples qui vivaient dans des hameaux lointains et humides comme des clochards, des miséreux. C'était la campagne, c'était un cliché, tout le monde en parlait des fortunes sous les matelas. C'était vrai. Il le savait. Et le matelas en question, c'était tout simplement cet ordinateur sur lequel il tapotait, comme s'il était caché derrière une porte à épier les gens par le trou de la serrure. Et il se révoltait parfois. Non pas contre ces vieux, ni même contre leur avarice, mais contre l'absurdité dont ils étaient les représentants caricaturaux et il se révoltait contre le gâchis de plaisir et les efforts inutiles que tout cela représentait. Les Gagnaire en particulier l'agaçaient. Il les connaissait, ils étaient ses voisins. Jean Lapierre leur en voulait particulièrement parce qu'en plus de ne rien donner à personne, ils étaient incapables de recevoir. Le moindre présent, la moindre attention était considérée avec suspicion, ils étaient incapables de se séparer de la moindre parcelle de terrain, de la baraque la plus délabrée. Jean Lapierre avait essayé de leur acheter une maison qui aurait plu à sa sœur, ils lui avaient répondu avec un haussement d'épaules : « Pourquoi vendre ? » Ils avaient un fils, Néné, un demeuré qui traînait à la ferme, ils avaient refusé de lui donner une éducation spécialisée à cause du coût que cela aurait représenté et ils avaient répondu : « Il est mieux chez nous. » Ils versaient vingt-cinq euros sur son compte tous les mois. Pour ses frais, pour ses cigarettes et un occasionnel Pernod dans un café de Nontron où les habitués se foutaient de lui.

Lapierre éprouvait une inexplicable tendresse pour Néné. Il le voyait traîner avec ses vieilles baskets qui avaient fini par ressembler à des sabots, dans des jeans trop courts, avec son sourire bienveillant. Il faisait des basses besognes à gauche et à droite et comme il ne savait pas compter, à peine lire, il disait : « La mère Fayol m'a donné un billet bleu pour faire le jardin. » Ou un billet rouge. Il savait que le rouge valait moins que le bleu. Même lui était parfois gêné par la radinerie « des vieux », comme il appelait ses parents. La veille en rentrant de la banque, Lapierre avait remarqué que Néné avait de nouvelles chaussures, des Nike avec du rose et du noir, flambant neuf. Et ce détail l'avait intrigué. Il alla voir comment il se les était procurées en consultant son compte.

Il crut d'abord qu'il avait fait une erreur de manipulation. Il recommença. Il ne s'était pas trompé. Néné avait contracté un prêt personnel de dix mille euros auprès d'un organisme spécialisé. Il avait retiré de l'argent en liquide après l'obtention du prêt. Assez pour s'offrir des chaussures. Puis il avait organisé un transfert régulier vers un autre compte domicilié dans une autre banque. Néné était majeur, mais il était sous tutelle de ses parents. Il avait dû bénéficier de l'aide de quelqu'un. Lapierre se demanda s'il devait prévenir les

Gagnaire qui étaient ses clients. Puis il songea qu'il préférait apprendre par lui-même d'où venait l'argent de Néné.

*

Ils avaient préparé des pâtes pour le dîner. Et James en était ravi, c'était comme un clin d'œil, comme une complicité. James savait pourtant que les pâtes seraient dégueulasses. Emma était de ces femmes qui entretenaient des rapports plus que conflictuels avec la cuisine. Elle ne cuisinait pas d'ailleurs, elle servait de la nourriture. Et tout ce qu'elle servait était infâme, le yaourt, la tranche de jambon, tout devenait immangeable après être passé entre ses mains. Elle voyait la nourriture comme quelque chose qui ne la concernait pas, un peu comme James considérait l'argent : une substance incompréhensible, un mélange chimique explosif qui ne produisait que des ratés.

James remarqua également, sur une commode en pin victorienne, qu'ils avaient acheté le vin d'Afrique du Sud qu'il avait reposé sur l'étagère de Lidl malgré les protestations d'Ann. Il ne put s'empêcher de sourire. C'était tant mieux. On se comprenait, on était entre soi, comme les riches sont entre soi.

« On prend tout de suite du rouge ? demanda John. Je ne sais pas s'il nous reste du whisky. »

Puis il se mit à appeler Emma dans la cuisine :

« Emma, Emma, il reste du whisky ? »

James l'interrompit :

« Non, du rouge, ça ira. »

Le vin sud-africain lui gratta la gorge et lui monta à la tête.

Ils constatèrent que le temps se rafraîchissait le soir, ils parlèrent du prix du bois, ils comparèrent les vertus du châtaignier et du chêne. Ils avaient eu cette conversation dix fois, cent fois peut-être, mais c'était sans importance, elle revenait tous les automnes, dès les premiers frissons, les premières bruines humides et pénétrantes.

James buvait un peu trop. Ann le regardait du coin de l'œil. Il ne se rendait pas compte que ce soir-là, elle n'arrivait pas à trouver un réconfort suffisant dans la compagnie d'amis qui comme eux avaient des ennuis d'argent. Il ne vit pas son sourire un peu crispé. John parla d'une exposition dans une galerie de province, où il espérait vendre une de ses sculptures. Il conclut avec un haussement de sourcils : « De toute manière, le marché de l'art en ce moment… »

Puis ils passèrent à un de leurs sujets préférés : Harold. Un vrai con. Prétentieux avec ça. Et sa façon d'afficher son fric était insupportable. Sûr de lui. Récemment il était parti en vacances au Vietnam et quand ils étaient allés dîner chez Suzie quinze jours auparavant, il avait fallu écouter ses récits de voyages, sans oser lui dire qu'on n'en avait rien à foutre. Et sans oser s'avouer qu'on était forcément un peu jaloux.

À la fin de la soirée ce fut Ann qui prit le volant, James était saoul. Le vin épais lui alourdissait l'estomac. Il avait la nausée. Mais il se promit qu'il se verserait un autre verre chez lui.

« Tu fumeras une dernière cigarette avant d'aller te coucher ? » demanda-t-il.

Elle hocha la tête.

Les enfants dormaient sur la banquette arrière. On n'avait pas les moyens de payer une baby-sitter, ils avaient regardé des DVD toute la soirée.

Comme il se l'était promis, James s'offrit un dernier verre, un fond de whisky pendant qu'Ann se roulait une cigarette.

« Ça ne va pas ? » demanda-t-il.

Elle haussa les sourcils. Puis il vit une larme perler au coin de son œil.

« Ça ne va pas ? répéta-t-il.

– Je suis inquiète.

– Ça va s'arranger. Ça s'arrange toujours. »

Il bafouillait, il avait la langue pâteuse. Le vin d'Afrique du Sud l'empêchait de trouver les mots pour la réconforter. Il n'avait pas la force de lui faire encore un grand discours pour lui prouver que ce qu'ils traversaient n'était pas grave.

Elle s'essuya la paupière, sans le regarder, puis écrasa sa cigarette après quelques bouffées.

Il s'endormit dès que la lumière s'éteignit. Le vin le faisait ronfler. Elle resta allongée sur le dos à regarder les reflets de la lune sur le plafond. Des rayons gris bleu s'infiltraient dans la pièce à travers les rideaux, de beaux rideaux en tissu Liberty qu'elle avait hérité d'une tante. Tout le soufre des deux verres de vin rouge qu'elle avait bus la tourmentait comme un djinn. Son cœur battait, donnait des coups vifs et appuyés contre sa poitrine. Elle sentait sa peau toute rouge en proie aux démangeaisons. Elle avait du mal à respirer et essayait d'imaginer l'avenir. Les pensées se succédaient à toute vitesse, sans ordre, sans logique, un magma de craintes qui se répondaient sans cesse les unes aux autres. Elle pensait à ses enfants et se dit qu'ils ne pourraient jamais leur payer d'études. Un bouchon de glace l'empêchait d'expirer, elle s'étouffait. Son palais et sa gorge gardaient le goût des cigarettes qu'elle avait fumées, l'une après l'autre, sans y prendre plaisir. Elle se mit sur le côté. Puis de nouveau sur le dos. Elle regarda James. Même dans l'obscurité, elle pouvait voir un filet de bave argentée qui coulait du coin de sa lèvre. C'était une erreur d'être venus s'installer en Dordogne. Il fallait s'en sortir alors que c'était encore possible. Mais comment ? James avait quarante-deux ans. Elle songea à son amie d'enfance, Julie, qui était devenue infirmière à Leeds. Et l'espace d'un instant, elle l'envia. Elle envia ses gardes aux urgences, ce travail régulier, ces nuits et ces journées qu'on organisait pour elle, même si elle ne gagnait pas assez, au moins elle savait où elle en était, elle. Elle repensa aux filles qui avaient fait les Beaux-Arts avec elle et qui étaient devenues profs. Peut-être qu'elle pourrait, elle aussi, dans une école privée, par exemple. Non, elle n'y arriverait pas, il faudrait qu'elle aille dans une institution pour former les pédagogues. C'était foutu pour ça aussi. Elle songea à se lever, hésita. Elle ferma les yeux. En vain. Son cœur battait toujours aussi fort, elle était maintenant prise de nausée. Elle se tourna vers la table de chevet et consulta sa montre, trois heures et demie. Elle se tourna de l'autre côté, ferma les yeux. Comme si elle faisait un effort pour s'endormir. Elle se voyait incapable d'acheter à manger pour ses enfants. Elle avait le sentiment que l'argent partait sans même qu'ils le dépensent, le découvert se creusait de lui-même, comme une catastrophe naturelle, comme des côtes s'érodent sous l'action de la mer, sans que l'on ne puisse rien y faire. Elle se tourna entre les draps encore une heure. Puis elle consulta sa montre. Elle hésita à se lever. Elle alluma la lumière et prit son livre. James ne s'était pas réveillé, toujours abruti de vin. Les phrases qui se dessinaient sous ses yeux n'avaient aucun sens. Elle les relisait trois ou quatre fois de suite. Au lieu des personnages, elle voyait leur banquier, Lapierre, qui les convoquait pour leur dire qu'ils n'avaient qu'à mendier s'ils voulaient nourrir leurs enfants. Tout vendre, mais en attendant, ils ne toucheraient rien. Pas de prêt, pas de crédit, pas d'emprunt, rien. La fatigue la gagnait, le livre lui paraissait lourd, les caractères trop petits et ses yeux se fermaient. Elle éteignit la lumière. Les rayons de la lune la ramenèrent à ses inquiétudes. Quand elle consulta sa montre encore une fois, il était cinq heures, elle décida de descendre dans la cuisine. Elle roula une cigarette, se rendit compte dès la première bouffée qu'elle n'en voulait pas, mais elle continua à la fumer en toussant et en se préparant un café. Elle fuma sa cigarette et rangea la cuisine, pour ne plus penser à rien. Le jour finit par se lever et elle entendit le chant des oiseaux. Elle sortit dans le jardin, il faisait doux. Tout aurait pu être parfait, il ne manquait que l'argent. Son cœur se serra à l'idée qu'elle pourrait bientôt perdre tout ça et elle ne savait même pas ce qui l'attendait en retour. Et finalement, elle songea à Harold.

*

Gilbert regarda par la fenêtre la voiture du facteur qui s'éloignait. Après avoir laissé une enveloppe dans la boîte aux lettres de Michel. Michel, tout comme lui-même d'ailleurs, ne recevait jamais que des factures et des prospectus qu'il jetait immédiatement, en pestant parce qu'on ne pouvait même pas s'en servir pour le feu dans le poêle ou dans la cheminée. Avec leurs multitudes de choses aux couleurs vives que Michel ne désirait pas de toute façon.

Gilbert alluma la gazinière. Seul un des feux marchait encore et il se disait qu'il aimerait bien s'en acheter une autre. Et aussi une grande télévision. Comme il avait vu à Auchan. Presque un écran de cinéma. Pour lui, chez lui. Même s'il ne regardait jamais vraiment la télé. Il l'allumait dès son lever et ne l'éteignait plus. Et toute la journée elle projetait ses couleurs sur le monde triste de Gilbert. Il n'écoutait vraiment que la météo et encore, ils se trompaient tellement souvent.

Mais quand même… Avec l'argent de Michel. Il pourrait. Quelle importance maintenant. Michel était mort. De toute manière. Et puis le prix d'une télévision et même avec une gazinière en plus, ça ne ferait aucune différence dans cette fortune. À peine si on le remarquerait à la banque. Le truc c'était d'être patient, et Gilbert se savait patient. Retirer de petites sommes à chaque fois. Comme l'aurait fait Michel d'ailleurs. Avec économie en quelque sorte.

Mais le problème c'était Michel justement. Il commençait à faire beau et chaud. Et le corps, forcément… Il fallait le mettre au frais. Dans la cave ? Puis comme Gilbert pensait électroménager, il eut une idée évidente. Il fallait congeler Michel. Quelque temps seulement. Puis le décongeler quand il aurait fini de faire les courses. Et le remettre à la table, sans redisposer les relevés de compte. Juste comme ça.

Pour commencer il allait vider la boîte aux lettres de Michel.

Il s'apprêtait à sortir quand il vit l'Anglais qui venait vers la maison en faisant de grands gestes amicaux. Pour la première fois de sa vie, Gilbert pesta contre la campagne et tous ces gens qui débarquaient à l'improviste, lui qui n'avait jamais fait autre chose.

*

Jean Lapierre songeait souvent que ce serait amusant de faire le bien. Juste comme ça. Gratuitement en quelque sorte. Un mot qui ne sortait pas facilement de sa bouche, lui qui était banquier. Il se mit à sourire à cette idée en entrant dans son bureau de l'agence de Nontron. Il se disait que ce qu'il fallait faire c'était créer un compte au nom d'un personnage fictif. Et l'alimenter avec de petites sommes venues de partout et d'ailleurs. Des comptes épargne des clients les plus riches, les plus vieux, qui malheureusement étaient aussi les plus méfiants. Des petits prélèvements, un euro par-ci, deux euros par-là. Il aurait presque pu en faire une comptine. De petits ruisseaux qui feraient de grandes rivières comme disait son père qui lui aussi avait été économe. Sa mère, elle, était dépensière et Jean avait une photo d'elle encadrée, sur son bureau.

Il se mit à chercher un nom pour le détenteur imaginaire de ce compte qu'il allait créer. Il songea justement au nom de jeune fille de sa mère. Gaillard. D'un autre côté, est-ce que ça ne le mettait pas en danger ? Est-ce que ça le pointerait du doigt si on enquêtait ? De toute manière, si quelqu'un commençait à se douter de quelque chose et à enquêter, il serait sûrement foutu. Il allait devoir se le rappeler. C'était un peu inquiétant, mais finalement, ça l'excitait aussi. Gaillard, ce n'était pas si mal, et puis en Dordogne, il y avait des villages entiers où tout le monde s'appelait Gaillard quand ce n'était pas Combeau. Par contre, il était hors de question de reprendre le prénom de sa mère. Et puis Jacqueline ça faisait trop démodé. Son ex-femme peut-être ? Sûrement pas. D'ailleurs il valait mieux un prénom masculin. Quel âge avait-il, le détenteur de ce compte ? Et où était-il né ? Dans le coin. Forcément. Il fallait qu'il soit vieux. Ce serait mieux, parce qu'on imaginerait qu'il mourrait en laissant un peu d'argent sur le compte que personne ne viendrait réclamer. Et après lui, Lapierre créerait un autre détenteur de compte imaginaire pour continuer le travail. Mais en changeant régulièrement il brouillerait les pistes.

Jean Lapierre passa encore une bonne vingtaine de minutes, avant son premier rendez-vous, à se raconter l'histoire de son double, de cet homme imaginaire qui serait sa bonne conscience, un bienfaiteur des pauvres, un justicier au cœur de l'ordinateur et du système bancaire. Un homme terne et sans ambition, inexistant et qui s'épanouirait dans les petites sommes qu'il distribuerait autour de lui à des êtres réels. Une sorte de manne.

Quand le premier client entra, il trouva Jean Lapierre de très bonne humeur et parfaitement disposé à accorder des extensions de découvert.

*

Gilbert aimait bien James, mais ce n'était pas le moment.

Depuis son installation en Dordogne, James s'était intéressé à tout ce que faisait Gilbert, et à Michel aussi, mais ce dernier avait toujours maintenu une certaine distance avec « l'Anglais ». Comme avec tout le monde d'ailleurs. James venait régulièrement s'asseoir à la table de Gilbert et écoutait ses histoires qu'il trouvait exotiques. Il avait songé à en faire un recueil comme tous ces Anglais qui avaient gagné des fortunes en racontant des anecdotes insignifiantes sur leurs séjours en France. Ce qui le fascinait, c'était quand Gilbert parlait de la guerre. Rien à voir avec le Blitz, la bataille d'Angleterre, les Dambusters ou John Mills.

Gilbert attendrait que James reparte pour aller vider la boîte aux lettres de Michel. Il faudrait encore trouver la clef et ça ne serait pas une mince affaire. Il alla chercher le pineau dans l'armoire de la cuisine parce que c'était presque midi. Et il avait remarqué que James n'aimait pas le pineau. Quand il lui en offrait il n'acceptait jamais un deuxième verre alors que le Label 5, il s'en envoyait trois ou quatre sans broncher.

Gilbert se creusa la tête pour trouver une excuse et abréger la visite de James. Il n'y arrivait pas. Même s'il cachait un cadavre, il n'avait pas vraiment l'habitude de mentir. C'était bizarre quand il y pensait. Et James qui cherchait ses mots, qui essayait d'engager la conversation en se rendant bien compte qu'aujourd'hui c'était difficile. Il parla du temps. Et comme il faisait beau depuis quinze jours, il était difficile d'extrapoler sur ce sujet. Il n'osait pas se remettre à parler de la guerre. Puis tout à coup, comme par un éclair de génie, Gilbert trouva l'excuse : « Je ne vais pas tarder faut que j'aille chez le médecin. »

James parut sincèrement inquiet.

« Vous êtes malade ? »

C'était absurde de sa part, mais Gilbert n'avait même pas envisagé cette réaction.

« Non, pas grand-chose. Une bricole.

– Ah ? »

Il en attendait plus. Gilbert ne trouvait rien à ajouter. James n'allait quand même pas le mettre sur le gril.

« Vraiment ? Rien de grave ?

– Non, non, rien de grave.

– Vous me le diriez, hein ? »

Gilbert n'arrivait pas à y croire. Il se rappela ce que disait sa mère : « Mes articulations.

– Ah bon.

– Un peu d'arthrite.

– Ah bon. Vous voulez que je vous conduise ?
– Non ça ira.
– Vous êtes sûr ? Ça ne me pose pas de problème. »
À part lui-même, Gilbert se répétait tout un tas d'expressions françaises qui n'avaient aucun sens comme : « putain, mais c'est pas vrai » ou « ça va durer encore longtemps ? » Puis à haute voix : « Non, non, c'est bien gentil, c'est bien aimable à vous mais…
– Sincèrement. »
Pour la première fois depuis qu'il le connaissait, Gilbert aurait aimé frapper James. Il lui proposa plutôt un deuxième verre de pineau et comme prévu, James refusa. Gilbert regarda sa montre et déclara : « Bon, faut plus que je traîne trop. »
Puis il se leva en s'arrangeant pour que sa chaise fasse beaucoup de bruit sur le plancher et se dirigea vers sa veste. Il fut pris d'un léger remords. Et il ajouta : « On prendra plus longtemps la prochaine fois. »
James demanda alors : « Michel va bien ? »
Gilbert chercha une réponse. « Ça fait un moment que je ne l'ai pas vu.
– Ah bon ? Il ne lui est rien arrivé quand même ? »
C'est pas vrai, ça allait recommencer. « Non je veux dire que je l'ai vu ce matin, que ça fait un ou deux jours que je ne lui ai pas fait une visite.
– Ah ! »
James ne se rendit même pas compte que cette réponse ne tenait pas debout.
Il sortit devant Gilbert qui lui tenait la porte. Un peu déçu. Il aurait bien aimé rester plus longtemps. Même s'il n'aimait pas le pineau.

Gilbert décida qu'il irait d'abord à Marsac acheter tout ce dont il avait besoin et qu'il irait vider la boîte aux lettres de Michel seulement après.

Il avait un peu peur d'aller à Marsac. Et comme il disait souvent : « C'est loin. »

*

James eut une idée et en fit part à Ann : si on faisait une brocante ou un vide-greniers ?

« Avec quoi ?

– Ben avec tous les trucs dont on se sert plus. Les vieux jouets des gosses. Les vieilles fringues. Même certains meubles dont on n'a pas besoin. Il y a un vide-greniers à Saint-Pardoux. »

Elle regarda d'un air dubitatif.

« Regarde toutes les boîtes qu'on a rapportées d'Angleterre et qu'on n'a même pas ouvertes depuis qu'on est ici. »

La veille il s'était émerveillé devant le cimetière d'objets qu'était devenue leur grange. Il s'était dit que tous ces débris, tous ces cadavres de choses, les lampes, les vieux lits, les livres qu'on ne lirait plus, les chaises éventrées, tout cela avait été acheté, tout cela représentait du temps, de l'argent, des efforts. Pour finalement se retrouver « en difficulté », comme on disait.

Il se mit à fouiller comme un archéologue sur le chantier de son propre passé. Chaque objet lui rappelait un souvenir et éveillait un regret. Un cadeau de sa mère. Un autre qu'il avait fait à Ann. Et il se disait que c'était dommage de laisser traîner tout ça. Il essuya contre la jambe de son pantalon un vieux livre qu'il avait acheté et qu'il n'avait pas lu. Il ouvrit la première page pour parcourir le premier paragraphe. Ça ne l'intéressait plus. Et pourtant. Il avait peut-être tort. Qui sait ?

Il songea qu'il ne pouvait pas passer autant de temps sur chaque objet qu'il allait ramasser en vue de le sélectionner pour le vide-greniers. De toute manière ce livre était trop sale et trop humide.

Il retrouva même une photo de lui quand il était à Cambridge. C'était la photo de l'équipe de rugby de son collège. Il l'avait cherchée cette photo, avait demandé à Ann si elle ne l'avait pas vue. Elle s'en foutait complètement de sa photo. Comme il avait changé ! Et puis, avec l'humidité, son visage et ceux de ses coéquipiers étaient rongés de traces noirâtres, verdâtres comme s'ils avaient tous une maladie de peau. Il regarda la photo quelques instants. Certains noms avaient été effacés. Il la mit de côté en se disant qu'il l'emporterait dans son bureau même si elle était très abîmée. Et le cadre se défaisait.

Il ouvrit une boîte en carton et à l'intérieur trouva ses vieux jouets. Il en était presque ému. Il les contempla l'un après l'autre. Il avait l'impression de sentir l'odeur de la moquette dans sa chambre, sur laquelle ses petits soldats avaient livré bataille. Son fils n'avait jamais vu un petit soldat de sa vie, occupé qu'il était à jouer à Tetris et aux Sims et il n'était pas près de s'intéresser à ces hussards qui portaient des shakos, des sabres et avaient affronté les Français dans toute la maison de son enfance près de Leeds. Il y avait une lampe que sa mère tenait de sa grand-mère et qu'il avait toujours trouvée hideuse. Par respect filial il avait demandé à Ann s'ils ne pouvaient pas lui trouver une place dans le salon. Elle avait refusé et il ne pouvait pas vraiment lui en vouloir même si ça lui faisait un peu mal. Une araignée avait tissé sa toile dans l'abat-jour. Il décida qu'il vendrait tout ça finalement.

Ça ne servait à rien.

Il quitta la grange en oubliant sa photo.

*

Gilbert songea qu'il n'avait pas à s'inquiéter du prix de l'essence, ce qui dans d'autres circonstances aurait pu le retenir d'aller à Marsac. Il avait la carte bleue de Michel dans la poche intérieure de sa veste et son chéquier aussi. Il ne savait pas ce qui était le mieux. La carte. Imagine qu'à la banque on se rende compte que ce n'était pas l'écriture de Michel sur le chèque. Oui, c'était évident.

Il y avait un McDonald's à Marsac. Il en avait entendu parler, il n'y était jamais entré. Il regarda sa montre. Ce n'était pas encore l'heure du déjeuner. Mais il était tenté d'essayer. Puis il se ravisa. Non. D'abord les affaires pressantes.

Il y avait un monde fou. Après Brantôme la circulation s'était faite plus dense. Il n'avait pas trop l'habitude. Son père lui racontait souvent qu'il avait connu Marsac quand ce n'était encore qu'un village comme Villars ou Coulaures. Un petit village quoi. Là, il avait devant lui un gigantesque parking sur lequel on avait posé des boîtes qui vendaient tout un tas de choses.

Il entra dans un magasin spécialisé dans l'électroménager. Il n'avait jamais vu autant d'appareils. Ni autant de télévisions énormes qui renvoyaient des images kaléidoscopiques d'oiseaux, de papillons dans des couleurs si vives qu'elles en devenaient aveuglantes.

Avec son vieux pantalon un peu trop court tenu par des bretelles, sa vieille chemise à carreaux et sa vieille veste en laine trop chaude pour la saison, élimée, il avait l'impression d'avoir débarqué sur un continent inconnu et il avançait avec prudence entre les grille-pains et les fours à micro-ondes.

Il se demanda si on le regardait avec suspicion. Il régnait dans ce magasin une odeur de propre qui lui rappelait celle des voitures neuves. Il était monté quelquefois dans des voitures neuves, dans des salles d'exposition, mais lui n'avait jamais acheté que de l'occasion.

Il n'en revenait pas du prix de ces télévisions.

Puis, tournant la tête, il vit les congélateurs.

*

James avait loué deux mètres de stand à Saint-Pardoux. Pas loin de l'église. Il se demandait si c'était la bonne place. Il aurait mieux valu être dans la rue principale mais c'était plus cher. Il était là avec Ann et les enfants assis en rang d'oignons sur des chaises derrière un amas de leurs vieilles cochonneries.

Il faisait beau. Ann trouvait même qu'il faisait un peu trop chaud. Une fanfare parcourait les rues de Saint-Pardoux. De son stand, James pouvait voir un chapiteau Kronenbourg où des hommes et des femmes buvaient de la bière en plaisantant. D'ailleurs, ça lui donnait soif. Il souriait, il se laissait aller à cette indolence générale, les gens passaient lentement, souriaient mollement. Il se pencha en arrière et croisa les doigts au sommet de sa tête. Ann roula une cigarette.

Ils étaient là depuis plus d'une heure et personne ne s'était arrêté à leur stand. Si les passants croisaient leur regard ils se contentaient de leur adresser un petit sourire gêné.

Finalement peu avant midi, un homme d'une quarantaine d'années s'approcha et contempla une vague scène de chasse qui avait orné le mur d'une tante ou d'un oncle en Angleterre. Il demanda le prix à Ann qui lui fit comprendre d'un signe de tête qu'il devait s'adresser à son mari. Le mari voulait quinze euros. L'homme secoua la tête. Il proposa dix et James demanda douze et l'homme accepta. Il avait marchandé. C'était la première fois de sa vie. Une nouvelle expérience. Il n'aurait jamais osé ça en Angleterre. C'était assez excitant finalement. Il se trouvait plutôt « continental » sur le coup, presque méditerranéen, lui qui n'en avait pas du tout l'air. Il se tourna vers Ann, ravi. « Douze euros pour cette vieille cochonnerie sans intérêt, dit-il, qu'est-ce que t'en dis ? Plutôt pas mal de faire de l'argent en étant assis comme ça au soleil, tranquilles. » Et pour fêter ça, il alla s'acheter une bière à la buvette.

Il avait à peine fait trois pas que Ann aperçut Harold.

*

Le vendeur insistait pour lui fourguer un congélateur avec des étagères et des compartiments. Gilbert voulait un coffre. Assez grand, mais pas tant que ça. Parce que Michel n'avait jamais été ni très costaud, ni très grand. Et le goujat qui ne devait pas avoir vingt-cinq ans qui continuait à lui dire : « Faites ce que vous voulez, c'est vous qui choisissez, mais vous verrez, avec un coffre, vous n'arriverez plus à retrouver la nourriture tout en bas, alors qu'avec un congélateur à compartiments, c'est comme un réfrigérateur. »

Et Gilbert répondait : « Je préfère un coffre. » Et l'autre petit con qui continuait : « Ma mère avait un coffre elle a pris un congélateur à compartiments et elle le regrette pas. C'est moi qui le lui ai conseillé et elle m'a dit que j'avais bien fait et qu'elle ne reprendrait plus un coffre maintenant qu'elle a le choix. Enfin vous voyez mais. »

Gilbert n'en pouvait plus, il avait envie d'assommer ce gamin, de lui dire de la boucler. Ou de gueuler : « C'est pour mettre mon vieux copain dedans parce qu'il est mort ! » Il commençait à transpirer. Il se demandait d'ailleurs une fois plus si on ne le soupçonnait pas, simplement parce qu'il insistait pour acheter un coffre plutôt qu'une espèce de frigo. En puis avec ça, le coffre fermait à clef, ce qui était un avantage de plus et il s'en servit comme argument expliquant qu'il y avait eu des vols dans son village.

Et le jeune homme dans son gilet rouge sans manches décida qu'il avait affaire à un vieux péquenaud et qu'il n'était pas assez bien payé pour s'emmerder avec ça. Il répéta encore une fois : « C'est comme vous voulez. » Et il demanda : « Combien de litres ? » Gilbert lui désigna du doigt le modèle qu'il désirait. Le vendeur lui demanda s'il voulait être livré. Gilbert répondit « Non ! » en criant presque. Puis avec un sourire crispé, il ajouta : « Je l'emporte tout de suite. »

Il dut encore aller chercher sa voiture, la garer derrière le magasin. Il abaissa les sièges et eut toutes les peines du monde à faire entrer son nouvel achat à l'arrière. Il n'arriva pas à fermer le coffre et dut se débrouiller avec une vieille ficelle malodorante qui traînait là depuis des années.

Ce fut seulement quand il atteignit le rond-point et qu'il reprit la route de Brantôme dans l'autre sens qu'il se rendit compte qu'il avait oublié d'acheter une télévision.

*

Harold venait droit vers elle avec un sourire mi-charmeur mi-narquois. Il lança un « *Hello !* » enjoué en détachant les deux syllabes, écarta les bras et remarqua : « Alors on se lance dans le commerce. » Ann s'était levée de sa chaise et ils se penchaient tous les deux en avant par-dessus le stand et ses objets pour se faire une bise. Parce qu'on était en France, alors on s'était mis à se faire la bise.

« Alors ? » demanda Harold. Ann ne savait pas quoi répondre, elle se contenta de hausser les épaules et d'écarter légèrement les bras à son tour. Puis désignant le stand elle ajouta : « C'est une idée de James. »

Et Harold qui éclatait de rire en disant : « Je reconnais bien là son style. » Sur un ton vaguement complice. Puis : « Il n'est pas là, avec toi, James ?

– Il est allé acheter une bière à la buvette. »

Un moment de silence et Ann qui demandait : « Et toi qu'est-ce que tu fais là ?

– Je me promène. »

Puis elle songea : « Mon Dieu comment va-t-on se sortir de ces banalités, c'est accablant. »

Et elle demanda : « Tu es tout seul ?

– Tout seul. Libre comme l'air. » À nouveau le sourire. Mi-narquois mi-charmeur.

James revint à ce moment-là avec une bière à la main et réussit parfaitement à cacher l'antipathie, l'agacement et la jalousie qu'il éprouvait vis-à-vis de Harold. Ils échangèrent quelques plaisanteries en souriant. Ann souriait elle aussi. Tout le monde souriait et James se mit à vanter les mérites d'un des livres sur le stand qu'il essayait de vendre.

« Tu connais ce livre, Harold ? Fascinant. Ça raconte… »

Ann n'arrivait pas à y croire : il était en train de faire l'article. Il était en train d'essayer de fourguer pour un euro un vieux livre de poche à Harold.

C'est juste à ce moment-là qu'elle aperçut du coin de l'œil Jean Lapierre, leur « conseiller ».

*

Jean Lapierre aperçut Ann lui aussi, il se demanda si elle avait fait semblant de ne pas le voir. Il détourna la tête, comme elle. Il hésitait à venir vers leur stand. Il ne pouvait en aucun cas leur acheter quelque chose, ça il le savait, sa position de directeur de compte… puis le fait qu'ils étaient sans cesse à découvert, et sous un bombardement de mises en demeure… Il se représentait sans peine le malaise que cela créerait s'il allait leur demander : « Et ça vous le vendez combien ? » Il avait presque envie de rire en s'imaginant marchander avec eux.

Elle était là avec son mari et visiblement un de leurs copains anglais. Un type assez beau d'ailleurs, qui suintait l'autosatisfaction. Lapierre nota qu'il avait une chemise Burberry assez moulante. *Tight fit* comme on disait. Des mocassins. Un pantalon de toile beige. Cher, classique, faussement discret. Lapierre songea qu'il aimait bien James pourtant. Et Ann aussi. Ils faisaient un beau couple. Il les trouvait sympathiques. Et puis, pour la première fois, il venait de s'avouer qu'elle lui plaisait.

Finalement le type à la chemise Burberry s'était éloigné. Lapierre était trop loin pour entendre leur conversation. Ils avaient tous l'air en bons termes. Il n'avait bien sûr pas pu entendre Ann, toujours assise, les jambes croisées, recroquevillée sur elle-même, qui avait relevé la tête vers son mari et lui avait dit : « J'ai tellement honte. »

*

Il avait ramené la voiture chez lui. Il la regardait depuis sa cuisine, elle vomissait la boîte en carton qui contenait le congélateur. Gilbert ne savait plus dans quel ordre faire les choses. Il ne fallait pas que quelqu'un débarque à l'improviste et vienne lui dire : « Alors qu'est-ce que tu t'es acheté ? » Il fallait attendre la nuit. Mettre le congélateur dans la cave de Michel et Michel dans le congélo. Juste pendant un temps. Le temps de faire quelques courses en somme. C'était épuisant tout ça. Et puis de devoir réfléchir sans cesse… Il aurait bien aimé faire une pause, boire un verre, mais ce n'était pas le moment. Il regarda sa montre. Cinq heures. Il n'allait pas faire nuit avant longtemps. Il prit la bouteille de pineau, hésita à se servir un verre et renonça. Il regarda encore une fois par la fenêtre en se disant qu'il avait trop négligé son potager ces temps-ci.

Gilbert ne tenait plus en place. Il aurait voulu aller chez Michel tout de suite pour en finir. Puis il fut même tenté de renoncer à tout ça et de prévenir les autorités que Michel était mort. Le problème maintenant c'était qu'il avait pris la carte de Michel, et dépensé son argent. Comment est-ce qu'il allait pouvoir justifier ça ? Il n'arrivait pas à croire ce qu'il allait faire. Et puis Michel qui était toujours là-haut dans son lit. Il n'avait plus le choix, maintenant. Il entendit le chien de Michel qui aboyait. Il sursauta, essaya d'aller voir par la fenêtre tout en sachant que de là, il ne verrait rien. Il sortit de la maison. Son cœur battait à toute vitesse. Il se dirigea vers la maison de Michel, l'enclos du chien. Il n'y avait pas de voiture, pas de promeneurs, rien. Peut-être que ce cabot avait reniflé une bête. Va savoir. Il se demanda combien de fois par jour Michel nourrissait le chien. Il avait peut-être faim. Il décida d'aller le nourrir encore une fois. Pour qu'il la ferme. Qu'il dorme. Il se disait aussi que ce pauvre chien, ce n'était pas une vie de rester sans cesse dans l'enclos mais comment est-ce qu'il pourrait expliquer qu'il promenait le chien de Michel s'il croisait des gens du village ?

Il regarda sa montre, le temps passait quand même. Il décida que la meilleure façon de se calmer ce serait d'aller regarder le bulletin d'informations régionales sur la Trois puis *Questions pour un Champion.* Il n'avait jamais trouvé une seule réponse. Mais ça fait rien. Il aimait bien quand même.

Quand même... quand même... combien de fois avait-il répété ces deux mots dans sa vie. Deux mots horribles à bien y réfléchir, comme l'épitaphe de tous ses espoirs. On n'est quand même pas malheureux. On s'aime quand même. C'est bien quand même. On s'en sort bien quand même. On vit quand même. On n'a pas d'argent, mais on vit quand même. Il songea que ce dernier quand même, il n'aurait peut-être plus jamais besoin de se le répéter. Pas plus que : « C'est cher quand même. » « Faudrait être prudent quand même. » « Faudrait mieux économiser quand même. » Et tout ça, grâce à l'argent de Michel. Aux billets de banque que lui envoyait ce pêcheur de Vieux-Boucau dans sa bulle. Il l'avait rapporté chez lui, et il l'avait posé sur sa cheminée. Il se releva et alla le tourner et tous ces petits points argentés, toute cette neige étincelante voleta dans sa bulle encore une fois. Gilbert sourit. Pour un peu il aurait pu parler à ce vieux pêcheur.

Au moins pour le remercier. Il ne pouvait pas s'en empêcher, Gilbert croyait parfois voir dans la faible lumière de la cuisine les mains du pêcheur qui se mouvaient. Qui réparaient ce filet. Et il murmura en entrouvrant à peine les lèvres : « Merci. »

*

Jean Lapierre n'avait rien acheté à la brocante. Il était parfois tenté par un de ces objets insolites. Voire un de ces objets sinistres, comme les baïonnettes ou les fûts d'obus ciselés. Toutes ces choses que l'on voyait souvent qui racontaient leurs histoires et celles de leurs anciens propriétaires. Les photos de famille... De quelle famille ? Lui qui vivait seul était même parfois tenté de se constituer un album avec des gens pris au hasard, dans ces vide-greniers. De faire revivre tous ces morts en quelque sorte. De se dire : et si ça, c'était mon arrière-grand-mère. Et ça un oncle et une tante éloignés. Et d'ailleurs, comme ça, tous ces gens seuls sur ces vieilles photos épaisses retrouveraient des frères, des sœurs, des enfants, des parents. Puis il dirait, ça c'était la baïonnette de mon arrière-grand-père. C'est lui là, sur la photo dans son uniforme de poilus. Je n'ai plus les lettres qu'il envoyait à mon arrière-grand-mère malheureusement.

Mais pour ce qui était de lui raconter des histoires, rien ne valait ses petits chiffres, pleins d'âme, qui grouillaient et brillaient sur son écran d'ordinateur.

Il s'assit sur sa chaise de bureau orthopédique, luxueuse, qui lui maintenait le dos, lui offrait un confort idéal et il alluma l'ordinateur, excité comme un enfant qui va découvrir le dernier épisode de son feuilleton préféré, la dernière aventure du super-héros qu'il aurait voulu être. Si ce n'est que là, le super-héros c'était lui-même. Jean Lapierre, grâce à tous les codes de sécurité qu'il avait pu maîtriser et ramener chez lui, était devenu un super-héros plus sûrement encore que s'il avait pu fendre les nuages avec une cape sur les épaules.

Il tapa au hasard, une liste apparut sous ses yeux et il décida d'aller voir ce que fabriquait Michel Pauzac.

Jean Lapierre fronça les sourcils. À la colonne des débits qui restait vide des mois entiers, s'accumulaient des chiffres comme pour former les barreaux d'une nouvelle échelle de Jacob. Le vieux Michel qu'il n'avait pas vu depuis six mois, et qu'il était allé voir chez lui pour lui suggérer un nouveau placement, s'était servi de sa carte bleue. Une carte bleue qu'il n'avait jamais voulu avoir d'ailleurs. Il avait fallu insister pour lui en fourguer une. Il répétait que le crédit ce n'était pas pour lui. On lui avait dit qu'elle venait avec le compte et que c'était comme ça. Et il avait rechigné à payer les frais. Quant à l'idée de posséder une Gold…

En attendant, le vieux Michel avait sorti sa carte. Et elle avait chauffé, la carte ! Il était même allé au restaurant. Peut-être qu'il perdait la tête. Il faudrait garder un œil là-dessus.

Le vieux n'avait évidemment pas de portable et il ne répondait presque jamais au téléphone. Jean Lapierre se demanda s'il ne devait pas passer à l'improviste. À la campagne ça se fait. Quoiqu'il aurait peut-être été préférable de lui envoyer un mot au préalable. Par la poste. Il hésitait encore.

*

Gilbert décida qu'il faisait maintenant assez sombre. Il avait repris deux fois du pineau. Pour se donner du courage. Il se dirigea vers la voiture, s'assit au volant, et démarra. Il avait l'impression que le moteur poussait des rugissements dans toute la Dordogne et que partout à l'entour les gens entendaient le message que la machine leur envoyait : « Gilbert cache le cadavre de son vieux copain. Et pas n'importe où. Dans un congélateur tout neuf. » Il suait, évidemment. Il avait l'impression que le volant lui collait aux mains. Il arriva dans la cour de Michel. Éteignit le moteur et se mit à la recherche d'un diable pour transporter le congélateur. Pourquoi fallait-il d'ailleurs que ça s'appelle un diable ? Il n'en trouva pas. Par contre, il trouva une brouette dans la grange. Il faudrait que ça fasse l'affaire. Il alla la placer à l'arrière de la voiture. La grande boîte en carton qui contenait le congélateur restait coincée, c'était comme si elle refusait délibérément de bouger et de se rendre complice d'un crime. Le carton couina en frottant le bord du coffre, comme s'il geignait, comme s'il protestait. Gilbert se mit à maudire le « petit con » qui l'avait servi dans le magasin comme si c'était de sa faute. Il décida de couper le carton pour extirper le congélateur de la boîte. Il sortit son couteau de sa poche. Il eut un peu honte parce que son couteau ne coupait pas bien et contrairement à

Michel, il ne prenait pas bien soin de ses outils. Il alla dans le garage de Michel et trouva effectivement une scie parfaitement aiguisée. Il la rapporta à la voiture et se mit à scier le carton en se rendant compte que ce n'était pas l'outil idéal pour ce travail. Il avait peur de rayer le congélateur qui était tout neuf. Il essaya enfin d'agripper les rebords de son congélateur et tira. Ça lui faisait mal aux doigts, d'autant qu'il commençait effectivement à avoir de l'arthrite. Il n'avait pas menti quand il avait dit ça à l'Anglais.

Il finit par retirer du coffre cet objet rutilant, d'une blancheur aveuglante, à même d'évoquer la pureté des anges, et il le posa, un peu brutalement, sur la brouette. Puis composant un tableau parfaitement absurde, il se dirigea vers l'intérieur de la maison et « la cave ».

Heureusement pour Gilbert, les caves dans le Périgord ne sont pas en sous-sol. C'est comme ça qu'on appelle les espèces de remises dans le prolongement de la cuisine qui contiennent plus de conserves de haricot, de fèves, de foie gras, de pâté, de rillettes qu'on pourrait en manger en trois vies. Il y avait aussi l'autre congélateur, celui dans lequel Michel gardait tout un tas de cadavres d'animaux qui attendaient parfois depuis plusieurs années d'être assaisonnés, mijotés, dégustés.

Gilbert songea que c'était dommage de laisser gâcher toute cette nourriture. Mais on ne pouvait pas vraiment faire autrement. Il chercha une prise pour son congélateur. Il n'en trouva pas. Il ne pouvait pas débrancher celui de Michel : tout aurait fini par pourrir là-dedans jusqu'à exploser. À moins évidemment, qu'il ne force la serrure, vide le contenu et le jette quelque part. Trop long. Trop compliqué. Il retourna dans le garage à la recherche d'une multiprise. Et évidemment, il y en avait une. On pouvait dire ce qu'on voulait, il était organisé, le Michel.

Il brancha le congélateur, souleva le couvercle et son visage se trouva éclairé par la lumière qui émana du coffre, il ressemblait à un saint touché par la grâce sur les tableaux Renaissance.

Il referma doucement le couvercle.

Puis il fut bien obligé de se dire qu'il fallait maintenant aller chercher Michel et le mettre là-dedans.

Il monta l'escalier comme s'il allait réveiller un vieux copain qui dort trop longtemps. Puis il marqua un moment d'hésitation à la porte. Il poussa un soupir. Songea : « Pas évident. » Et tourna la poignée de la porte.

Michel était là sous le drap. Le cadavre n'était plus raide. Mais il sentait un peu l'aigre. Gilbert essaya de le soulever sous les épaules tout en gardant le drap sur le visage de Michel comme s'il ne voulait pas que Michel le reconnaisse. Il n'y parvint pas. Il le traîna hors de la chambre. Il n'osa pas le balancer en bas de l'escalier, il le mit sur son épaule comme un baluchon et descendit en se tenant à la rampe, les dents serrées. La pointe du pied d'abord, sur la marche inférieure, puis le talon. Comme ça jusqu'en bas. Qu'est-ce qu'il était étroit cet escalier. Il arriva enfin en bas, il était tenté de reposer Michel sur une chaise. Ou même sur la table. Mais après, ce serait encore plus compliqué. Alors il continua comme ça jusqu'à la cave, l'épaule en feu. Devant le congélateur. Il n'arrivait pas à y croire. Il n'avait pas songé à ouvrir le couvercle. Il essaya de tenir Michel d'une main sur son épaule et de soulever cette saloperie de couvercle de l'autre main. Pas facile. Le congélateur était trop près du mur et une fois ouvert le couvercle ne tenait pas tout seul. Gilbert se contorsionna en espérant qu'il ne se ferait par un tour de reins pour mettre Michel au-dessus du congélo. Puis d'un coup d'épaule, un peu comme un plaquage de rugby, il parvint à fait tomber Michel au fond du coffre où il se cogna la tête. Gilbert fut presque tenté de lui dire : « Excuse-moi. » Il se contenta de replier les jambes de Michel, de refermer le couvercle et de s'exclamer « Hé ben putain » en s'essuyant le front d'un revers de la main. Il mit le froid au maximum, ça coûtait cher en électricité mais on s'en foutait. Surtout maintenant.

Puis il s'assit sur une chaise et souffla. Pas la chaise sur laquelle il avait trouvé Michel mort. L'autre. En face. Il regarda sa montre. Il était l'heure d'aller se coucher.

*

James regarda sa montre lui aussi. Deux heures du matin. Impossible de dormir. Et plus rien à boire. Ce n'était d'ailleurs pas si grave. Il était déjà saoul. Il avait été blessé par la réaction d'Ann au vide-greniers. Et surpris. Il avait passé une bonne après-midi finalement. La buvette, le soleil… Tous ces gens de bonne humeur. Plutôt marrant. C'était sans doute parce qu'elle avait vu ce péteux de Harold qu'elle s'était sentie mal à l'aise. Cette chemise… Elle avait honte d'être pauvre. Il songea en ricanant bêtement qu'il pourrait peut-être emprunter de l'argent à Harold, d'une pierre deux coups. Récupérer du fric qu'il ne rendrait jamais. À moins d'un miracle. Et faire chier Ann. Il irait voir Harold sans en parler à Ann, il lui emprunterait de l'argent, pas mal d'argent. Et il n'en parlerait qu'ensuite à Ann, ce serait une belle revanche finalement. Il fallait en demander beaucoup pour paraître sérieux. Il avait été frappé par cette remarque qu'il avait entendue à Londres chez un éditeur. On avait demandé à deux journalistes de la télévision quelle avance ils attendaient pour leur livre et ils avaient répondu que puisqu'ils n'en avaient pas besoin, ils demanderaient beaucoup d'argent. Génial. D'un autre côté personne ne lui demandait quoi que ce soit, à lui. Il n'était pas journaliste sportif, on n'avait jamais vu sa tête à la télé, il n'avait pas de livre à vendre, et il avait besoin d'argent. Ça changeait beaucoup de choses. Il regretta qu'il n'y ait plus rien à boire.

*

Gilbert ne trouvait pas le sommeil. Dans la solitude de sa chambre, dans l'obscurité, il n'arrivait pas à croire à ce qu'il venait de faire. Le plafond devenait un écran noir sur lequel défilait le film de toutes ses actions récentes. Il se revoyait transportant le cadavre de Michel, mais comme s'il était filmé d'en haut, par l'œil de sa conscience. Une caméra qui le prenait en plongée. Il revoyait l'escalier, le visage désormais jaunâtre et méconnaissable de Michel. Il ressentit une peur d'enfant et alluma la lumière. Il aurait voulu repartir en arrière, rembobiner ce film. Se réveiller en sueur et se dire que tout cela n'avait été qu'un rêve. Il s'assit au bord du lit. Il avait envie de crier. Il se demanda de quelle façon il pourrait effacer ses actes. Ça lui paraissait maintenant impossible. C'était une évidence. Comment remettre à la banque l'argent qu'il avait retiré, comment se débarrasser du corps, maintenant, si tard. Et si on l'accusait d'avoir tué Michel ? Rien ne paraissait impossible. Et l'imagination de Gilbert s'emballait, il se voyait arrêté par les gendarmes, « écroué » comme ils disaient, puis torturé comme dans les films sur la Résistance. On lui crachait au visage, on lui arrachait les ongles pour le faire parler. La prison, il en avait vu des reportages sur « la population carcérale », tous ces types qui chiaient les uns devant les autres dans des cellules minuscules, qui se violaient les uns les autres, qui se donnaient des coups de surin sous la douche comme en Amérique, il allait finir comme ça lui, Gilbert. Il préférait encore se pendre. Pas vraiment se pendre d'ailleurs. Mais en finir. Il s'énuméra mentalement les diverses façons dont il pourrait se supprimer lui-même le jour où une estafette se présenterait devant chez lui. Il n'y connaissait pas grand-chose, il n'avait pas de fusil de chasse, il n'avait pas de médicaments à part ses comprimés pour le cholestérol, et il n'allait pas non plus avaler du Destop mais oui, après tout, il pouvait toujours se pendre.

*

James se réveilla à onze heures. Ann était déjà levée. Il descendit à la cuisine et ne la trouva pas. Il essaya de rassembler ses pensées de la veille ou plutôt de la nuit et se rappela qu'il avait songé à emprunter de l'argent à Harold. Il était saoul quand cette idée lui avait traversé l'esprit. Il l'était toujours un peu, mais différemment. Et en y repensant, il trouvait que ce n'était pas si absurde que ça.

Ann était dans le jardin. Elle jouait avec les enfants. Il prit la voiture et sans rien dire, sans même aller la voir, il partit chez Harold. C'était à une vingtaine de minutes. On traversait un paysage plutôt agréable. Il faisait beau. Ann avait l'habitude quand elle se réveillait de dire : « Belle journée ! » et James rectifiait souvent en disant : « Pour ce qui est du temps. » Puis il s'en voulait de faire le rabat-joie, mais c'était plus fort que lui.

Il pensa qu'il aurait peut-être dû prévenir Harold de sa visite. Au cas où il ne serait pas là. Il fut vite rassuré, la voiture de sport était garée devant la maison et un jardinier était occupé à couper l'herbe.

James poussa un soupir. Se gara à côté de la voiture de Harold en regrettant de ne pas pouvoir la rayer puis il lui fit un grand sourire quand celui-ci apparut à la porte les sourcils levés. Les bras écartés en signe de bienvenue comme s'ils s'aimaient bien.

« Tout va bien ? » demanda Harold avec une sollicitude que James trouva un peu excessive, voire blessante. Comme si ça devait aller mal. D'ailleurs ça allait mal, c'était encore ça le plus agaçant.

« Un peu tôt pour un whisky ? » demanda Harold. Le pire avec ce type, c'était que chaque fois qu'il ouvrait la bouche James avait le sentiment qu'il se foutait de lui, qu'il y avait une ironie dans chacune de ses paroles, comme s'il lui disait à cet instant précis : « Alors, t'as encore la gueule de bois ? »

« Un café ? Un thé ?

– Non merci.

– Rien ?

– Rien pour le moment. »

Emma entra dans la pièce. C'était une amie que James connaissait vaguement, elle venait d'Angleterre, et avait réussi le tour de force de passer son existence sans avoir jamais à travailler. Elle était relativement attirante, mais James attribuait ses pouvoirs de séduction à une forme de magie, quelque chose qui ne s'expliquait pas. Emma n'avait aucune éducation et faisait partie de ces gens qui ont toujours pensé que c'est inutile. Elle était saoule tous les soirs et fraîche tous les matins. Elle fumait aussi de l'herbe et s'envoyait à l'occasion un rail de coke. James s'était toujours demandé sans jamais parvenir à trouver une réponse à sa question, si Harold et Emma couchaient ensemble. Il ne savait pas non plus pourquoi ça l'intéressait tant d'ailleurs. Elle allait en Inde régulièrement.

Elle salua James avec un mélange incroyable de froideur et de charme. Elle alluma une cigarette et se servit un whisky sans se soucier de l'heure. Elle était, songea James, de ces grandes bourgeoises qui auraient pu avoir une liaison avec une star du rock à Ibiza dans les années soixante-dix. Ou se faire inviter à Moustique par la princesse Margaret. Par exemple.

Harold était en train de raconter qu'il allait dîner chez Alan et Maggie le lendemain soir, ce qui n'intéressait pas du tout James. Lui avait du mal à trouver ses mots et à manifester l'intérêt qu'il ne ressentait pas, il voulait qu'Emma s'éclipse pour demander du fric à Harold. Quand le moment vint, quand Emma partit à la cuisine avec son verre de whisky à la main, James interrompit Harold qui parlait d'un des précédents divorces de Maggie, tout aussi inintéressant que le reste, et se précipita pour dire : « C'est un peu gênant, excuse-moi, mais il faut que je te demande quelque chose.

– Oui ? » Patient mais quand même un peu agacé d'avoir été interrompu.

« Ann et moi on a eu quelques petits euh… revers financiers récemment.

– Oui je sais. »

Ah bon ? Qu'est-ce que ça pouvait bien vouloir dire ça ? Le mépris et l'autosatisfaction de ce type… De toute manière ce n'était pas le moment de se laisser désarçonner. James décida d'ignorer cette dernière remarque.

« Et donc, on a eu, euh… en plus des frais avec, euh… Enfin peu importe. Et là, encore une fois c'est très gênant. Mais je me demandais si tu ne pouvais pas nous prêter de l'argent. Pas grand-chose, juste assez pour… »

Emma était revenue dans la pièce, elle avait juste eu le temps de mettre des glaçons et de l'eau gazeuse dans son whisky. Elle se tourna vers James avec un sourire parfaitement indifférent. Puis elle s'assit sur le fauteuil et ouvrit un supplément du dimanche vieux de quelques mois qu'elle feuilleta comme quelqu'un qui ne sait pas lire et ne regarde jamais que les photos dans les magazines avec, d'ailleurs, un certain détachement, presque de l'ennui. James se demandait si elle écoutait la conversation en faisant semblant de se concentrer sur autre chose quand il entendit Harold qui lui répondait :

« Quoi ? Deux fois dans la même journée ? Ne me dis pas que vous avez déjà tout dépensé.

– Pardon ?

– Je disais : quand même pas deux fois dans la même journée.

– Comment ça.

– Mais… »

Les sourcils encore une fois et les bras écartés, le sourire amusé.

« Ann t'a pas dit ?

– Quoi ? »

Attention, il avait été presque agressif en prononçant ce « quoi ? ».

« Elle est venue me voir ce matin vers neuf heures et demie et elle m'a demandé la même chose, je lui ai prêté deux mille euros environ. »

Harold se tourna vers Emma et ils échangèrent un regard qui signifiait : non, mais t'arrives à y croire ?

James balbutia quelques mots, se leva, tête basse et regagna sa voiture après quelques excuses. C'est seulement une fois au volant qu'il songea qu'il aurait dû essayer de sauver la face. Il était furieux contre Ann d'avoir eu la même idée que lui.

*

Gilbert ne s'était jamais levé aussi tard. Il n'avait pas réussi à s'endormir avant cinq heures du matin. Il avait paniqué en voyant les premières lueurs de l'aube, et pourtant toute la nuit, il avait eu peur du noir. Mille histoires lui avaient traversé l'esprit toutes plus effrayantes les unes que les autres et lui, Gilbert, était le personnage principal, la victime de toutes ces histoires.

Il était maintenant neuf heures. C'était comme si en plus d'un criminel, il était devenu un dépravé qui s'abandonnait à la grasse matinée. À la paresse. Il se leva difficilement, se dirigea à tout petits pas vers sa cuisine. Puis il se rappela qu'il fallait aller vider la boîte aux lettres de Michel. Il avait entendu un peu plus tôt un bruit de moteur. Quelques minutes auparavant. Dans son demi-sommeil. Il comprenait seulement maintenant que c'était le facteur qui était passé. Il se dépêcha et dans son état de fatigue se rendit compte seulement devant la boîte aux lettres qu'il avait besoin d'une clef pour l'ouvrir. Un soupir de découragement. Les épaules qui retombent. La clef était peut-être dans le pantalon de Michel. Mais ça, non ! Il ne pouvait pas se résoudre à retourner dans la cave, à lui faire les poches. Il l'imaginait là, tout congelé comme un mammouth dans un glacier. Non, décidément. Il en achèterait une autre. Est-ce que ce serait suspect, une nouvelle boîte aux lettres quand celle-ci faisait parfaitement l'affaire ? Pourquoi ça ? En même temps comme rien n'était neuf dans cette baraque… une belle boîte de métal, toute rutilante… Puis il eut une idée de génie. Il allait remplacer la boîte aux lettres de Michel par la sienne. Après, il faudrait remplacer la sienne. Mais il pourrait dire… qu'est-ce qu'il pourrait dire ? Par exemple qu'il avait accroché sa boîte aux lettres avec sa voiture ? En reculant. Est-ce qu'il faudrait aussi abîmer la voiture. Donner un coup de marteau sur la carrosserie ? Ou même avec le coin de la boîte aux lettres finalement. Il souleva le rabat pour jeter un coup d'œil à l'intérieur. Il y avait les habituels prospectus des supermarchés. Impossible de voir s'il y avait une lettre au milieu de tout ça.

Et c'est à ce moment-là que le téléphone sonna.

*

« T'aurais pu m'en parler. Quelle idée d'aller comme ça demander de l'argent à Harold sans m'en parler d'abord.

– Tu dormais. Et d'autre part, c'est exactement ce que tu viens de faire. »

Elle le regardait en plissant les yeux, d'un air perplexe. « Je t'en aurais parlé, reprit-elle. Mais hier t'étais saoul. Et j'ai pas voulu attendre. »

T'étais saoul… Elle l'accusait maintenant, elle lui faisait des reproches.

« Il m'a dit qu'il t'a prêté deux mille euros ?

– Oui.

– C'est beaucoup, dis donc.

– C’est ce qu’il nous faut.
– Comment est-ce qu’on va les lui rendre ?
– On va trouver une solution. Il a dit qu’il était pas pressé. »

C’était lui qui était perplexe maintenant. Elle n’avait quand même pas… Non, c’était impossible. Pas Ann. Pas sa femme. Avec Harold. Il ne pouvait pas s’empêcher d’y penser. Mais il savait que s’il posait la moindre question, faisait la moindre remarque dans ce sens, sans même aller jusqu’à l’accuser de se prostituer, mais en suggérant qu’elle avait euh… fait du charme par exemple à Harold pour lui soutirer ce fric, eh bien le reste de sa journée voire de sa semaine ne vaudrait pas la peine d’être vécu.

*

Gilbert resta pétrifié, il était entré dans la maison et voyait ce vieux téléphone gris d’un autre âge avec son cadran rond qui vibrait. Comme un animal, comme un chien qui grogne. Finalement il tendit la main et décrocha.

Il entendit une voix jeune qui demandait :

« Monsieur Michel Pauzac ? »

Et Gilbert répondit oui.

« Jean Lapierre à l’appareil. De l’agence de Nontron. Comment allez-vous ?

– Bien, je vous remercie, » répondit Gilbert en posant sa main sur le combiné. Puis il eut l’idée d’ajouter : « Juste un peu enroué. »

Et il fit baisser sa voix d'une octave et parla comme s'il avait besoin de se gratter la gorge. Il sentit un frisson, il avait de la glace dans les poumons. Ça lui aurait même rappelé son enfance s'il avait eu le temps d'y songer. Quand il était pris en train de faire quelque chose de « vilain » et qui devenait dans son esprit un véritable crime. Si ce n'est que cette fois le crime avait été commis.

« Je ne vais pas vous retenir, reprit le banquier. C'est juste que j'ai remarqué des dépenses et des mouvements inhabituels sur votre compte courant. Et je voulais m'assurer que c'était bien vous qui en étiez à l'origine et que c'était normal. »

Gilbert en eut le souffle court. Pour le coup il n'avait plus besoin de se forcer pour parler avec difficulté et déguiser sa voix.

« Oui, oui, fit-il en chevrotant. C'est normal. C'est... c'est pour le mariage de ma nièce. J'ai dû faire des achats. »

C'était sorti tout seul, il ne savait même pas si Michel avait une nièce, il n'en avait en tout cas jamais parlé. Et s'il n'avait pas de nièce, est-ce que le banquier savait ? Il avait un neveu, ça Gilbert le savait. Un neveu qu'il ne voulait plus voir.

Gilbert ne dit plus rien, il attendait. Il avait l'impression que le banquier attendait lui aussi. Est-ce qu'il ne le croyait pas ? Est-ce qu'il se doutait de quelque chose ? Il ne pouvait quand même pas lui dire : « Ah bon, je croyais que vous aviez un neveu et pas une nièce ? » Et Gilbert ne pouvait pas répondre non plus : « Ah oui, c'est vrai, j'ai confondu. » Gilbert renonça à poursuivre ce dialogue impossible. Et il entendit le banquier qui concluait par « Ah bon. Tant mieux dans ces cas-là. »

Gilbert ne pouvait s'empêcher de penser qu'il avait un ton… bizarre. Sa main se mit à trembler. Et le banquier qui ne lui disait pas au revoir. Toujours pas. Gilbert prit les devants et ajouta, toujours aussi hésitant : « Ne vous en faites pas. C'est normal. C'est pour ma nièce qui se marie. Un cadeau de mariage. Et des préparatifs. »

Toujours le silence et au bout de quelques secondes qui passèrent comme une vie, Lapierre qui répondait : « Ben tant mieux, dans ce cas-là me voilà rassuré. Passez une bonne journée. »

Gilbert eut tout juste le temps de dire « À vous aussi » avant de raccrocher un peu trop violemment et de se laisser tomber sur une chaise. Il resta là, le coude posé sur la toile cirée rouge et blanc, usée et propre qui recouvrait la table.

Il se tapota la poitrine et sentit dans la poche intérieure de sa veste la carte bleue de Michel.

Merde. De quoi il se mêlait ce petit con de banquier. Ça se fait pas d'appeler les gens comme ça pour leur demander des comptes sur ce qu'ils dépensent. Gilbert était authentiquement choqué par ce manque de discrétion. Mais surtout la peur revenait.

Il fallait qu'il s'occupe. Il se dirigea vers le réfrigérateur, prit un bol dans le placard, puis il le remplit de pâtée qu'il alla porter au chien qui l'accueillit en jappant, toujours avec la même joie. Le meilleur ami de l'homme, tu parles, songea Gilbert. Il ne s'est pas même rendu compte que ce n'est plus son maître qui lui donne à bouffer et il s'en fout. Il allait ajouter mentalement « comme de sa première chemise » puis il se rendit compte de ce que l'expression aurait eu d'absurde dans ce cas précis.

Mais ces mots lui firent penser aux chemises qu'il s'était achetées au marché de Thiviers avec le fric de Michel. Et il se dit, c'est bête tout de même, je n'ai même pas besoin de chemises neuves.

Il alla au garage, prit un des tournevis de Michel, se rendit compte que la dernière fois il avait mal rangé la scie qu'il avait « empruntée » pour déballer le congélateur et il s'employa à dévisser du mur la boîte aux lettres de Michel.

Il entendit des pas derrière lui et en se retournant vit James qui lui faisait de grands gestes en arborant un grand sourire. Gilbert n'était pas d'humeur à parler de la Résistance.

« Qu'est-ce que vous faites ? demanda James. Je suis passé chez vous pour vous dire bonjour, quand je vous ai pas trouvé, j'ai bien pensé que vous étiez peut-être chez Michel. »

Gilbert ne savait pas par où commencer. Expliquer ce qu'il faisait ou trouver une raison pour laquelle Michel n'était pas là.

Il commença par là : « Michel est pas là ! » aboya-t-il. Puis il se rendit compte au regard de James qu'il avait été un peu trop agressif et histoire de rectifier le tir, il ajouta : « Je lui change sa boîte aux lettres.

– Ah bon ? Elle est cassée ?

– Non. »

Et Gilbert se demanda immédiatement pourquoi on changerait une boîte aux lettres pas cassée. Qu'est-ce qui aurait pu inciter Michel, s'il était encore en vie, à vouloir une boîte aux lettres neuve. Gilbert en avait marre, il était épuisé. Deux fois dans la matinée. D'abord le banquier, maintenant, ça.

S'il avait pu, il aurait fracassé le crâne de James avec une pierre et il l'aurait mis dans le congélo avec Michel. Pas sûr qu'il aurait trouvé la place mais c'était pas le problème. Tous les deux enfermés là-dedans. Il regardait James en silence, puis ce fut à ce moment qu'il trouva ce qu'il fallait dire.

« Oui, Michel a perdu la clef, alors il est allé en acheter une autre. »

Il était assez content de lui, Gilbert, à ce moment-là.

Et il ajouta : « Je finirai ça plus tard. C'est pas pressé. Venez, on va prendre un verre à la maison. »

Puis comme il incitait James à le suivre, il songea : « C'est vrai après tout que c'est pas pressé. »

*

Jean Lapierre repensait au coup de fil qu'il avait eu un peu plus tôt dans la journée avec Michel Pauzac. Il avait revu les dépenses récentes du vieux et se disait qu'il était peut-être en train de perdre la tête. Il se demanda même s'il n'était pas tombé sous l'influence d'une personne malveillante. Un proche qui aurait ressurgi tout à coup. Un simple voisin. De ces gens bien intentionnés qui vont voir les vieux et repartent avec des boîtes de biscuits en métal, pleines de vieux billets qui sentent vaguement le moisi. Il vit que le vieux avait acheté quelque chose à Auchan. Et à Marsac en plus. À des kilomètres de chez lui. Ça ne lui ressemblait pas. Qu'est-ce qu'il avait bien pu acheter ? Et il était allé déjeuner à l'Hôtel de France. Est-ce qu'il était seul ? Est-ce qu'il était tombé amoureux d'une vieille voisine ? Ce serait hilarant d'une certaine manière. Ou d'une jeune voisine même ? Ça, par contre, ce serait sinistre. Il imagina une grosse bonne femme avec un mari sans scrupule qui viendraient attaquer les économies du vieux Michel Pauzac. Puis il interrompit ses réflexions en se disant : « Qu'est-ce que ça peut me faire de toutes manières ? » Puis il pensa à nouveau : « Ce serait quand même sinistre. »

*

Pendant qu'il buvait son pineau James regarda vers la cheminée de Gilbert et vit le souvenir de Vieux-Boucau. Le pêcheur assis sur la jetée qui réparait son filet dans une boule de verre. Il était sûr d'avoir déjà vu ce souvenir quelque part, mais, ce qui ne manquait pas d'ironie pour un souvenir, il ne savait plus où. Parce qu'il avait trouvé quelque chose de charmant à ce petit objet kitsch, démodé, qui aurait pu sortir d'un film de Jacques Tati, c'était la France des années cinquante en quelque sorte dont lui avaient parlé ses parents et dont il était encore amoureux sans l'avoir jamais connue lui-même. Une succession de clichés confortables et pittoresques, les baguettes, la vie de bohème à Montmartre, les bicyclettes, les bérets basques. Le vin blanc à la terrasse d'un café. La campagne rustique, tout ça, dans cette petite bille de verre avec un pêcheur dedans. Du coup, il n'arrivait pas à se concentrer sur ce que lui racontait Gilbert. C'était d'ailleurs sans importance car Gilbert, toujours trop nerveux, essayait de retrouver un semblant de calme en égrenant des banalités sur le temps qu'il avait fait, celui qu'il faisait et celui encore qu'il allait faire. Et comme James n'écoutait pas, il ne s'ennuyait pas vraiment, tout en étant conscient qu'un certain malaise s'instaurait entre lui et Gilbert.

Il vida son verre et se leva, résolu à aller attendre Ann qui était partie faire des courses à Nontron avec le fric de Harold.

Quand James fut parti, Gilbert se tourna à nouveau vers le pêcheur dans sa bulle et lui parla pour la deuxième fois. Il lui dit tout simplement : « J'en peux plus. »

*

Elle avait emmené les enfants, d'abord pour déposer le chèque puis elle avait décidé de leur acheter des chaussures. Puis elle s'était attardée dans le rayon parfumerie d'Intermarché. Elle se choisit une crème. Il y avait longtemps qu'elle voulait une eau de toilette. Puis elle décida que non décidément, ce ne serait pas ici qu'elle se ferait ce cadeau. Elle tira les enfants par la manche, les remit à l'arrière de la voiture et se dirigea vers Périgueux.

Le garçon demanda : « On y va sans papa ? »

Ann répondit « oui », sur un ton qui leur fit comprendre qu'on ne poserait pas de questions supplémentaires. Elle s'interrogea brièvement : devait-elle avoir honte d'habiller ses gosses avec l'argent de Harold et elle se répondit à elle-même très rapidement qu'elle s'en foutait. Peut-être un peu trop rapidement d'ailleurs.

Elle emmena les enfants au « McDo » pour les faire taire, puis dans une parfumerie où elle essaya des dizaines de parfums avant d'en acheter un. Non, deux. Après tout… Son fils Mark voulait un maillot d'une équipe de football française qu'elle ne connaissait pas et elle ne trouva aucune raison de le lui refuser. Puis elle acheta deux Barbie à sa fille Jenny.

Ils s'arrêtèrent à la terrasse d'un café dans le centre de Périgueux et commandèrent des glaces qu'ils mangèrent en regardant passer les touristes. Elle n'arrivait pas à croire que tout cela était devenu un luxe pour elle. Toutes ces choses que ces gens qui passaient là devant la terrasse trouvaient sans doute normales et faisaient tous les week-ends. Si sa mère avait été là et avait pu entendre ses pensées, elle lui aurait sans doute dit qu'elle s'apitoyait sur elle-même et que c'était « pas bien ». Et Ann répondit au reproche imaginaire, avec la même rapidité qu'elle avait eue à se répondre à elle-même un peu plus tôt, qu'elle s'en foutait. Pour se le prouver, elle se commanda un verre de vin blanc après sa glace. Quand le garçon lui demanda quel vin blanc elle voulait boire, elle demanda du chablis. Une petite revanche sur le gros-plant et le bergerac.

*

Gilbert au même moment, décidait avec les mêmes moyens, plus ou moins, de prendre une revanche sur sa fatigue et ses angoisses. Il ouvrit une bouteille de prune, qui datait d'un temps où tout un tas de gens étaient encore en vie, sa mère par exemple. Il se servit un petit verre, le goûta, les lèvres tendues prudemment vers le liquide comme s'il risquait de se brûler, puis il songea : « Elle est très parfumée. » Parce qu'il eût été impensable dans sa famille de goûter de la prune sans dire : « Elle est très parfumée. » C'était une forme de politesse qu'on avait les uns envers les autres et envers la bouteille et son contenu. Il but le verre. Il éprouvait un léger vertige. Il en but un deuxième. C'était quand même très fort. Il regarda le pêcheur en hochant la tête. Sentit encore une fois la carte de crédit de Michel dans la poche poitrine de sa chemise. Il avait l'impression que le pêcheur lui souriait, lui adressait un clin d'œil même. Il se leva, dit à haute voix « Et puis merde ! » et il sortit d'un pas incertain vers sa voiture.

Il pouvait même s'acheter une nouvelle voiture s'il voulait. Une allemande ! T'imagines. Avec les sièges en cuir ? Non, quand même pas. Faut pas exagérer non plus. Il se marra encore une fois. Il aurait aimé avoir un copain avec lui. Que le pêcheur sorte de sa bulle et vienne s'asseoir à côté de lui sur le siège du passager. Il avait presque l'impression d'être déjà au volant de son allemande. Et ils se seraient fait une tournée des grands-ducs. Le plus bizarre dans tout ça, c'était que son seul ami, celui avec lequel il avait envie d'être, c'était Michel. Michel qu'il avait tué. Non, pas tué. Il se répéta encore une fois mentalement : faut pas exagérer. Est-ce qu'il l'avait volé ? Oui, ça, on pouvait pas dire autrement. Quoiqu'il était mort. Est-ce qu'on pouvait voler un mort ? Pas vraiment. Ses héritiers, oui, peut-être, mais le mort lui-même ? Michel n'avait pas d'héritier. À part le neveu qu'il n'aimait pas. L'héritier de Michel, maintenant, en quelque sorte c'était lui, Gilbert. Et ça lui aurait servi à quoi à Michel d'être le plus riche du cimetière, hein ?

Il démarra. Il ne savait pas où il allait, il suivait la route en rêvant. Ce ruban gris qu'il avait connu toute sa vie et qu'il reconnaissait à peine, il était comme dans un autre pays tout à coup, comme au milieu d'une image. Une de ces images de ses livres d'enfants qui était restée gravée dans sa mémoire. Il n'en avait pas eu beaucoup des livres d'enfants, d'ailleurs. Il décida qu'il irait s'acheter des livres avec des images. Il les ramènerait à la maison et il se perdrait dans la contemplation de paysages lointains et impensables. Assis à la table de la cuisine. Ou mieux encore allongé sur son lit. Comme un enfant.

Il se rendit compte soudain qu'il était allé jusqu'à Agonac. Il n'avait rien à y faire et il poussa jusqu'à Périgueux. Il regretta de ne pas avoir changé de chemise. Pour être un peu plus présentable. Il allait s'offrir la même journée qu'à Thiviers mais en mieux, en plus grand. Ça lui faisait d'ailleurs un peu peur malgré les deux petits verres de prune.

C'est quand il sortit d'Agonac qu'il vit les gendarmes garés sur le bord de la route. Et il se mit à transpirer comme un fou, comme s'il avait le cadavre de Michel sur la banquette arrière.

*

« Harold nous invite dans sa maison en Grèce. »

James haussa les épaules. Ann était en train de déballer les achats qu'elle avait faits l'après-midi même à Périgueux.

« Et alors ?

– Ce serait bien. J'aimerais bien partir en vacances. Et pour les enfants…

– Et comment est-ce qu'on se paierait les billets ? »

La seule question qu'il aurait vraiment voulu poser était : quand est-ce qu'il t'a fait cette proposition et pourquoi ?

« Il a proposé de nous payer les billets.

– Qu'est-ce que c'est que cette histoire ?

– Je trouve que c'est vraiment généreux de sa part.

– C'est n'importe quoi. Il sait bien qu'on ne peut pas accepter.

– Pourquoi ? »

Il resta sans voix. William et Jenny avaient arrêté de regarder la télévision et se tournaient vers lui avec des regards d'enfants affamés. Sérieux et tristes. Comme des gosses qui n'ont jamais de vacances. Il se mit à leur en vouloir. Ils vivaient au grand air, à la campagne, ils avaient de l'espace, alors il n'y avait pas de quoi se plaindre. Puis il dut bien constater qu'ils ne se plaignaient pas d'ailleurs. Peut-être que s'il achetait sa canne à pêche à William, il serait content de passer ses vacances en Dordogne. Il y avait tant de gamins des villes qui rêvaient de passer des vacances en Dordogne et puis… il se rendit compte qu'il divaguait. Qu'il fallait se concentrer sur cette affaire ridicule. Il se sentit soudain tellement humilié qu'il décida de passer au dénigrement et à l'ironie. « Quel con ce Harold, vraiment. Vraiment un con. »

Ce n'était pas très efficace mais il n'avait rien d'autre pour le moment.

« Pourquoi ? demanda-t-elle encore une fois.

– Ben de nous proposer des vacances alors qu'il sait qu'on ne peut pas partir. Tu viens en plus de lui emprunter de l'argent et j'aurais aimé que tu m'en parles avant.

– On ne va pas recommencer avec ça. Moi, je trouve que c'est vraiment généreux de nous faire une telle offre.

– Et une fois sur place ?

– Ce sera pas plus cher qu'ici.

– Tu parles. Il faudra louer une voiture.

– Il en a une sur place. Avec un chauffeur. »

Il aperçut les gosses du coin de l'œil, les petits cons se mettaient à rêver de luxe, eux aussi. Il mourait d'envie de lui demander si elle avait couché avec Harold, maintenant. Mais il n'allait quand même pas le faire devant les gosses.

*

Il arrivait au passage à niveau. Tous les passages à niveau avaient été des hauts lieux de son enfance. Il aimait rester coincé devant la barrière quand il était à l'arrière de la voiture avec ses parents et qu'ils attendaient de voir le train défiler avec un bruit assourdissant et un coup de sifflet. C'était la machine, l'aventure, la puissance, le voyage, même si ce n'était après tout que le voyage des autres mais peu importe. Et la maison du garde-barrière… Cette maison, comme un jouet, posée là, petite, humble, avec tous ces pots de fleurs à la fenêtre. Et tous ces trains que le garde-barrière et sa femme devaient voir passer. Il imaginait toujours la femme du garde-barrière coiffée d'un foulard dans un tablier à fleurs. Et le garde-barrière avec une grosse moustache et une casquette comme un chef de gare. Et la cloche qui tintait quand le train était passé ou quand la barrière commençait à se baisser. Et bien qu'il fût au volant, il se prenait à rêver qu'il se retrouvait encore une fois sur la banquette arrière et qu'une grosse locomotive verte, carrée, comme on n'en voyait plus arrivait en tirant des wagons gris qui partaient vers des destinations merveilleuses. Comme Arcachon, Vieux-Boucau, ou carrément Sète, là-bas, loin. Au bord de la mer. Avec des bateaux. Mais sa rêverie s'arrêta là, quand il les vit à nouveau au bord de la route. Les gendarmes.

Ils faisaient des contrôles d'alcoolémie. Il y avait un pauvre type debout à côté de sa voiture qui passait la main dans ses cheveux ébouriffés, pendant qu'un des gendarmes griffonnait un rapport en se servant du toit du véhicule comme d'un bureau.

Il sentit un frisson lui parcourir le dos, puis une bouffée de chaleur, il ne savait plus ce qu'il ressentait.

Ils étaient trois en tout. Il y en avait deux autres à côté de leur moto qui regardaient la route, qui dévisageaient les conducteurs à travers les pare-brises. Cachés derrière des lunettes de soleil comme dans les films américains. Ils cherchaient sûrement à déceler des signes de culpabilité. Et Gilbert était convaincu qu'à ce moment-là, son visage n'était rien d'autre que le masque de la culpabilité. Ils allaient l'obliger à se garer sur le bas-côté, à baisser sa vitre, ils lui demanderaient s'il avait bu. Il nierait. Puis ils le feraient sortir de la voiture, souffler dans le ballon. Et là, ils l'emmèneraient chez lui et comme dans les films ils le cuisineraient. Ils lui demanderaient où était Michel. D'expliquer comment il avait dépensé tout cet argent. Pourquoi il avait deux chemises neuves sur le dossier de la chaise dans sa chambre. Hein ?

Il avançait très lentement. Il ne savait pas s'il fallait croiser leur regard et les saluer poliment. Ou si au contraire ça attirerait leur attention. Et s'il passait en les ignorant ? Ce serait peut-être pire ? Il paraîtrait suspect.

Gilbert décida de sourire. Le gendarme ne réagissait pas. Il conduisait maintenant au pas.

Le gendarme s'approcha de la voiture et d'un air impatient lui fit signe d'accélérer. Gilbert hésita encore, il avait peur de mal interpréter ce geste. Il accéléra finalement. Il sentit ses épaules se relâcher. Un immense sourire se dessina sur son visage. Il n'arrivait pas à y croire. Ils l'avaient laissé passer. Il les avait bien eus finalement. Dans la grande ligne droite qui menait à Château-Lévêque, Gilbert se sentit invincible. Il passa le « rond-point d'Auchan » comme on l'appelait dans la région. Et il décida de pousser jusqu'au parking du supermarché. Il éteignit enfin le moteur, il était épuisé par cette succession d'émotions. Il aurait presque été tenté de faire une sieste, là, dans la voiture. Mais il décida qu'il avait bien mérité une petite récompense.

Il sortit, ferma à clef parce qu'il avait le sentiment que le parking n'était pas « sûr » même s'il n'y avait rien à voler et se dirigea vers les galeries marchandes.

Tout lui faisait envie, tout lui paraissait cher et il devait se rappeler à lui-même chaque fois que le prix était sans importance, mais surtout il ne savait pas ce qu'il aurait fait de toutes ces choses colorées s'il les avait rapportées chez lui, les chaussures de sport qui ressemblaient à des vaisseaux spatiaux de films de science-fiction, les maillots de football, les lunettes de soleil, toutes ces vestes. Toutes ces chaussettes même. À portée de carte bleue. Des coiffeurs. Des boutiques entières de téléphones portables. Mais il savait que dès qu'il rapporterait un de ces objets chez lui, celui-ci perdrait de son éclat, il serait là comme une fleur trop vive en train de se faner dans un milieu trop sombre. Il aurait fallu tout changer pour rapporter un seul de ces objets désirables à la maison. Mais peu importe, il acheta de ces choses. Plein. Il s'acheta une veste en cuir, neuve. Il acheta des chaussettes blanches, huit paires. Un micro-ondes. Une radio. Une télévision énorme. Gilbert était saoul.

Il avançait sans plus savoir si c'était à la prune ou aux éclairages tout autour de lui qu'il devait d'être saoul. Il se souvint qu'il avait été plus fort que les gendarmes encore une fois. Il décida de rapporter une bouteille de whisky, mais oublia de se choisir autre chose que le Label 5 dégueulasse auquel il était habitué. D'ailleurs quand James lui avait fait goûter un pur malt écossais qu'il s'était offert dans un moment de folie, Gilbert avait trouvé que ce n'était pas si terrible que ça. Il acheta aussi des gâteaux apéritifs trop salés. Les pas chers. Comme s'il attendait des amis. Comme s'il allait fêter quelque chose.

Gilbert resta dans cet état d'ivresse pendant trois semaines. Chaque semaine, pendant une journée il retournait à Auchan. Il acheta encore un congélateur, mais pour lui-même cette fois, il l'emporta chez lui, et au lieu d'y mettre le cadavre d'un vieux copain économe il le remplit de bouffe. Plein de bouffe. Des gigots d'agneau, des rôtis de porc, de la viande et encore de la viande. Du veau même.

Il avait vaincu les gendarmes, il avait vaincu le conseiller de Michel à la Caisse d'épargne. Personne n'avait remarqué son ivresse. Gilbert se disait qu'il était « bien malin ».

*

James alla ouvrir sa boîte aux lettres et Gilbert ouvrit celle de Michel à peu près au même moment.

James trouva une facture. Il ne déchira même pas l'enveloppe.

Gilbert resta un long moment à regarder son travail. Il avait mis des heures à visser sa boîte de métal au mur. C'était mal fait. Un peu de travers. Il n'avait jamais fait du beau travail. Sa mère le lui disait souvent. Son père ne faisait pas non plus du beau travail. Sa mère ne disait rien pour le coup. Mais Gilbert, tout jeune, s'en rendait déjà bien compte. Il avait envie d'en rire. Surtout que Michel qui était maniaque n'aurait jamais accepté une boîte aux lettres aussi mal accrochée. Pas droite. Ça l'aurait rendu fou. Et cette fois Gilbert ne put s'empêcher de glousser en imaginant la tête de son ami défunt face à « un pareil chantier », quand Michel se fâchait très fort, il devenait même grossier et Gilbert l'entendait d'ici gueuler : « Fille de lou, mais t'as enculé le chantier ! » Et cette fois Gilbert éclata de rire.

James regarda sa montre, vit qu'il était onze heures. Mon Dieu, il se levait de plus en plus tard. De toute manière, c'était les vacances. Et il n'avait rien de mieux à faire. Il se rendit compte qu'il n'avait pas vu Ann, ni les enfants en descendant, puis en sortant pour aller chercher le courrier.

Il retourna dans la cuisine et c'est là qu'il vit le mot qu'elle lui avait laissé.

*

Gilbert ouvrit la boîte aux lettres de Michel. Il n'y trouva qu'une enveloppe blanche avec le nom de Michel et son adresse griffonnés maladroitement, comme une écriture d'enfant. Il déchira l'enveloppe en fronçant les sourcils et se mit à lire. De grosses lettres et des fautes d'orthographe. Gilbert ne faisait jamais de fautes d'orthographe. Il n'y avait pas de date sur la lettre. Ça commençait par « Cher Tonton ».

*

Ann expliquait qu'elle avait accepté la proposition de Harold. Qu'elle n'avait pas voulu en discuter avec lui, James, qu'elle comprenait sans doute sa position mais qu'elle n'en pouvait plus. Harold avait été vraiment adorable sur ce coup-là, il avait payé leurs billets et ils étaient partis prendre l'avion à Bergerac d'abord pour Londres, ensuite pour la Grèce. Où ils passeraient tout le mois d'août. Les enfants avaient besoin de vacances, ils étaient ravis et elle-même n'en pouvait plus, d'ailleurs. Elle lui écrirait bientôt.

*

Gilbert dut s'asseoir pour lire la lettre qu'il avait entre les mains. Il entra dans la cuisine, d'un pas incertain, s'installa à la table sur laquelle il posa la lettre. Il la lissa du plat de la main et entama sa lecture en suivant les lignes avec son gros doigt usé et en bougeant les lèvres, comme s'il psalmodiait les mots inscrits sur cette feuille de papier.

> « Cher Tonton,
> Je sais qu'il y a longtemps que je ne t'ai pas écrit. Mais j'ai pensé à toi pendant tout ce temps. Et ça a été très dur après la mort de Maman. Tu sais les ennuis que j'ai eus. Pendant tout le temps que j'ai passé en

prison, je n'ai eu pratiquement aucune visite. Papa ne voulait pas entendre parler de moi. Il a refusé de me voir jusqu'à sa mort. Il y a trois mois que j'ai quitté le centre de détention. Mais c'est très dur. Heureusement que j'ai rencontré Karine qui m'a beaucoup aidé. Tu es maintenant ma seule famille. J'ai décidé de venir te voir. J'espère que tu ne me fermeras pas ta porte. Et que tu pourras m'aider un peu.
Je pense passer d'ici la fin de la semaine avec Karine.
Je suis sûr que tu l'apprécieras beaucoup.
À très bientôt, Tonton.
Je t'embrasse.

Gérard. »

C'était pas possible. Il n'avait même pas laissé d'adresse, le con. Il avait sans doute peur qu'on lui dise de rester derrière les barreaux, n'importe où, qu'il aille se faire foutre ou quelque chose dans le genre. Gilbert se répéta « putain, putain, putain ! » trois fois de suite. À regarder cette écriture on aurait pu croire que Gérard avait douze ans. Mais c'était pas ça du tout. Et Gilbert s'en souvenait maintenant de ce type d'une bonne trentaine d'années qui devait approcher de la quarantaine même et qui toute sa vie n'avait fait que des conneries. Et des grosses. Le genre de type dont on parle à mi-voix et demi-mot dans les familles avec un petit haussement d'épaules, comme un exorcisme, qui signifie « mieux vaut se taire », en espérant qu'il disparaîtra de lui-même.

D'ici la fin de la semaine, qu'est-ce que ça voulait dire, ça ? Il avait dû poster la lettre deux jours auparavant. Trois peut-être vu les retards des PTT (Gilbert ne disait jamais « la Poste ») de nos jours. On était quel jour d'ailleurs ? Avec toutes ces complications, Gilbert finissait par perdre le fil du temps. Mardi ? Non, mercredi. Quand il disait la fin de la semaine, est-ce que ça incluait le week-end ou est-ce qu'il allait débarquer demain ou après-demain ? Il se demanda s'il aurait le temps de décongeler Michel et de le remettre sur la chaise, à table, pour que le neveu le trouve là ? Et puis à bien y réfléchir, « d'ici la fin de la semaine » ça pouvait dire aujourd'hui si la lettre était partie lundi.

Il songea à se diriger vers le congélateur pour en sortir Michel quand il entendit un cri à l'extérieur. « *Hey ! Hey !* » Légèrement diphtongué. C'était forcément cet emmerdeur de James qui revenait encore. Un vrai pot de colle. C'est pas vrai ça. Il n'avait rien à faire, lui ? Pas étonnant s'il avait des ennuis d'argent à rien foutre de ses journées comme un fainéant. Gilbert ressortit de la maison en vitesse, il avait encore la lettre à la main. Puis le chien aboya et il songea que merde, il avait oublié de lui donner à bouffer à cette saloperie de cabot.

« Ça va ? » demanda Gilbert.

James avait une tête épouvantable.

« Pas très bien, non. Ma femme est partie. »

À ce moment précis, Gilbert n'en avait rien à foutre. Et il allait falloir donner le change. Pas le choix.

Mais à part « Ah ? » il ne trouva rien à dire.

« Vous étiez en visite chez Michel ? Parce que je vous ai pas trouvé chez vous, alors j'ai pensé… Alors je suis venu ici. Et puis comme j'avais besoin de parler. »

Il s'arrêta là, marqua une hésitation et ajouta : « À un ami... » avec un sourire un peu pâteux, un peu mièvre.

« Oui, je comprends », dit Gilbert. Puis il expliqua encore une fois en se demandant si James n'allait pas finir pas trouver ça suspect : « Michel vient juste de partir, il avait une course à faire pour la journée. » Et il songea à nouveau à ce moment-là qu'il allait devoir se débarrasser de la voiture de Michel ou au moins faire quelque chose. D'ailleurs non, il ne fallait pas la balancer, il fallait la faire tourner de temps en temps. Avec un chapeau sur la tête. Pour qu'on croie que c'était Michel qui conduisait. Et il se répéta encore une fois, putain, c'est pas vrai.

Heureusement pour Gilbert, James était tellement perturbé par le départ de sa femme avec Harold que lui non plus n'en avait rien à foutre de ce qui se passait dans la vie des autres et surtout pas de la course que Michel avait à faire.

Il se contenta de dire : « Vous m'offrez un verre ? »

Et Gilbert trouvait au moins là une marche à suivre, il répondit : « Allez ! » d'un ton généreux. « Venez à la maison. » Puis il froissa la lettre et l'enfonça dans sa poche.

*

Assis chez Gilbert, James trouva que l'atmosphère avait changé. Il y avait longtemps qu'il n'était plus entré là. Il y avait un four à micro-ondes posé sur le buffet Henri II. Un four tout rouge, énorme. C'était un peu comme si on avait garé une Vespa rouge flambant neuf dans une écurie. Et une nouvelle radio « vintage » qui imitait les années cinquante. Là, c'était plutôt comme si Norman Rockwell s'était invité chez George Eliot. À la française. James ne put voir les autres achats que Gilbert avait accumulés parce qu'il les avait tous entassés dans sa chambre, les vestes, la télévision, les chaussettes blanches qui étaient encore dans le tiroir, impeccables. Elles n'avaient jamais été portées parce que Gilbert ne voulait pas les salir. Il ne portait pas non plus ses nouvelles chemises, son maillot en nylon des Girondins de Bordeaux ni son T-shirt « *I love New York* ».

Mais James s'interrogea une nouvelle fois sur le pêcheur qui réparait son filet. Il éprouva à nouveau cette secrète tendresse pour les souvenirs idiots. À cause de sa grand-mère. Elle en rapportait chaque fois qu'elle se rendait « quelque part » même si ce n'était pas souvent et elle les posait sur la petite cheminée où des infrarouges sous du plastique imitaient des flammes. Dans sa *two-up two-down*, deux pièces en haut, deux pièces en bas. Dans sa rue aux maisons identiques. En briques. Modeste et sentimental. Comme ce pêcheur qui réparait son filet. Il y avait un souvenir de Southend : un dé à coudre en porcelaine avec les armes de la ville. Un porte-lettres souvenir de Brighton avec une vue de la jetée. Et un cendrier avec le Royal Pavilion, même si Granny Millicent ne fumait pas.

Et en regardant ce pêcheur il retrouva l'odeur des *baked beans* et de la saucisse et du bacon quand il allait voir sa grand-mère, à côté de Cantorbéry dans le Kent.

Puis James se lança dans un monologue sur Ann, s'imaginant peut-être que Gilbert l'écoutait ce qui était loin de la vérité. Il essaya de décrire Harold, notamment le fait que Harold avait toute l'arrogance d'un *public school boy* puis croyant que Gilbert était surpris il expliqua longuement et dans le détail que *public school* en anglais ça veut dire « école privée » et que c'était des écoles qui coûtaient très cher et que par opposition les *comprehensive schools*...

Gilbert était en train de se dire les yeux dans le vague que cette nuit même, il allait ressortir Michel du congélateur et le décongeler à toute vitesse. On était en août, si en plus il allumait un feu dans la cuisinière à bois, il avait une chance de réussir avant que le neveu ne débarque. Puis il le remettrait sur la chaise, comme si de rien n'était. Michel était déjà habillé en plus. Connaud de neveu. Il n'arrivait pas à croire qu'ils l'avaient relâché, ça prouvait bien que la justice était laxiste et qu'il aurait fallu des peines plus longues pour les criminels. Il se souvenait que Michel lui en avait parlé une seule fois. Le fils de sa sœur qui avait épousé un Charentais. Pas étonnant. Elle était partie à Angoulême. Michel n'aimait pas en parler, de sa sœur, mais quelquefois c'était plus fort que lui. Il disait qu'il n'avait vu le Charentais qu'en une seule occasion. Au mariage. Après ils s'étaient brouillés, puis sa sœur avait quand même voulu venir le voir de temps en temps jusqu'à ce qu'elle meure. D'une sale maladie.

Gérard avait commencé à faire le con dès ses treize ans. Pour ce qu'on en savait, si ça se trouve il avait commencé plus tôt.

Gilbert se rendit compte que James ne parlait plus et le regardait comme s'il attendait une réponse. Alors Gilbert haussa les épaules d'un air avisé, puis les sourcils pour faire bonne mesure et leva une main au-dessus de la table, une sorte de geste d'impuissance qui symbolisait la fatalité.

Il conclut : « Faut pas vous en faire non plus. »

Et James qui commençait à assimiler les subtilités du français lui répondit :

« Oui, mais quand même… »

Ils restèrent là un moment dans un silence gêné et Gilbert proposa : « Je vous en ressers un petit ?

– En vitesse. »

James but une gorgée. Puis déclara : « En tous cas ça fait du bien de pouvoir en parler à un ami. »

Gilbert haussa les épaules, les sourcils, leva la main. Puis conclut : « Vous en faites pas, va. Peut-être qu'elle reviendra. »

James n'avait jamais envisagé que Ann allait partir pour toujours.

*

Gilbert ne trouvait pas le sommeil. Les yeux ouverts dans le noir il voyait sur son plafond Gérard qui prenait mille formes et mille visages. Grand et fort, les épaules carrées. Petit et nerveux, sec. Avec une petite moustache ? Comme les traîtres dans les vieux films ? Il se tourna sur le côté, puis à nouveau vers le plafond où se déroulait le film un peu confus de ce qui l'attendait avec encore une fois, beaucoup de gendarmes, de menottes et de cellules obscures. Toujours comme dans les vieux films. Ça lui rappelait les « dossiers de l'écran » de quand il était enfant, avec cette musique sombre et ces histoires de guerre. Il serait sûrement dans *Sud-Ouest* et la *DL*. Avec sa photo.

Il se leva d'un coup, enfila son pantalon par-dessus son pyjama. Et fit de même avec sa veste. Il était maintenant décidé à sortir Michel du congélateur, et à le laisser fondre, là où il l'avait trouvé.

Il ne savait pas s'il fallait tâtonner dans le noir ou allumer une lampe de poche. Il était peu probable de croiser quelqu'un à ce moment-là et pourtant c'était toujours quand il ne fallait pas. Il enfila ses sabots en plastique parce qu'il n'avait pas le temps de chercher autre chose et choisit de ne pas prendre la lampe de poche. Il trottinait rapidement vers la maison de Michel. Il entra, décida de ne pas allumer la lumière et alla directement dans la cave, vers le congélateur. Il resta comme paralysé au moment de mettre la petite clef dans la petite serrure. Il avait agi comme un fou depuis le moment où il avait sauté du lit, il avait obéi à une succession de gestes frénétiques, il était venu jusque-là presque en courant. Mais tout à coup, il avait peur. Une peur panique qui ne le faisait pas trembler, qui le transformait en une statue de sel et de remords. Il resta là plusieurs secondes interminables, la clef au bout des doigts. Puis, avec toujours plus de lenteur, il l'avança vers la serrure, tourna et comme en transe, il souleva le couvercle du congélateur. D'abord un tout petit peu, puis tout en grand. Une lumière bleue aveuglante éclaira la pièce. Michel était là. Ça faisait tellement longtemps qu'il ne l'avait pas vu. Il n'avait pas beaucoup changé. Il était là, immobile dans une position inconfortable. Raide et pâle, comme un mannequin, c'était banal mais c'était comme ça. Avec les petits bouts de glace dans ses cheveux épars, il ressemblait à une décoration de Noël, l'esprit du froid ou quelque chose comme ça. Pour un peu on l'aurait pris pour un personnage dans un conte de fées. Gilbert ne savait pas s'il devait lui parler. Dire bonjour ? Non quand même pas. Il le prit par le bras et tira. Merde, il s'était fait mal au dos. Un effort pareil au sortir du lit… Tant pis. Il tira à nouveau. Michel ne bronchait pas. Évidemment. Encore un coup. Il était collé par la glace aux parois du congélo. Qu'est-ce qu'il fallait faire ? De l'eau chaude, peut-être ? Gilbert tira à nouveau, il était presque tenté d'implorer Michel de se lever, de sortir de ce congélateur et de retourner sur la chaise où il l'avait trouvé mort devant ses relevés de compte. Il remplit une casserole d'eau et alla la poser sur la cuisinière, puis il alluma. Il regardait l'eau en attendant qu'elle chauffe, comme pour accélérer le processus. Puis la cuisinière se mit à crachouiller comme un dormeur qui fait des bruits de bouche. Il n'y avait plus de gaz dans la bouteille. Gilbert s'exclama putain de merde mais c'est pas vrai et tourna la tête dans tous les sens comme s'il espérait trouver une solution dans les coins obscurs de la cuisine.

C'est à ce moment-là qu'il entendit un bruit de moteur dans le lointain. Il se précipita pour retourner dans la cave et refermer le couvercle, et se cogna la cuisse contre la table de la cuisine. La lumière du congélateur s'éteignit et il retrouva l'obscurité complète. Il tremblait tellement qu'il avait du mal retirer la clef de la serrure après avoir fait deux tours. Il sentait une fine pellicule de sueur lui couvrir tout le corps et coller le pyjama à sa peau. Et ses cheveux à son front. Il soufflait très fort. Il s'appuya des deux mains sur le congélateur pour respirer plus normalement, retrouver ses esprits. Qui pouvait bien conduire une voiture ici à cette heure-ci ? Il ne s'était même pas rendu compte que le bruit de moteur s'était éloigné jusqu'à disparaître. Et il s'attendait presque à ce que Gérard entre à ce moment-là. Il n'aurait pas su dire combien de temps il était resté là. Finalement, il se détourna du congélateur et fit quelques petits pas prudents. Il ouvrit la porte comme s'il s'attendait à se retrouver nez à nez avec Gérard ou le Bon Dieu venu le punir. Il n'y avait personne. Il se glissa à l'extérieur. Encore une fois, il eut toutes les peines du monde avec la clef et la serrure. Quand il parvint enfin à verrouiller la porte, il repartit vers sa maison en courant presque.

Une fois chez lui, il but un grand verre d'eau. Puis un grand verre de pineau et encore un grand verre d'eau, dans du Pyrex.

Il retourna se coucher et cette fois sur l'écran noir que formait son plafond, il voyait Michel, tout recroquevillé, en esprit du froid avec du givre dans les cheveux.

*

Gilbert passa le lendemain à sa fenêtre, à guetter l'arrivée de Gérard. Parfois, épuisé, il piquait du nez et dans un demi-sommeil faisait des rêves étranges. Parfois, il se rêvait ailleurs, dans une ville où il n'avait encore rien fait de mal, avec des bateaux, des cafés, une ville au bord de la mer. La ville où vivait son pêcheur dans sa bulle qui deviendrait son copain. Au café. Sur le port. Puis quand il se réveillait, il voyait à nouveau le toit de la maison de Michel. Et son jardin, et le chemin qu'il avait connu toute sa vie.

Et s'il pouvait fuir ? Partir dans un pays lointain. Comme on partait autrefois dans les colonies. On lui avait dit un jour qu'un oncle était parti au Venezuela. Peut-être en emportant beaucoup de liquide. Mais il n'avait plus trop le temps, avec ce neveu qui allait débarquer d'un moment à l'autre et dont il guettait l'arrivée.

Gilbert quitta à peine son poste d'observation pour aller grignoter un peu de pain avec du fromage. Il n'avait pas faim.

Il attendit toute la journée, il ne vit ni Gérard, ni Karine. Ils arrivèrent le lendemain.

*

James se réveilla à onze heures avec la gueule de bois. Il avait bu seul la veille, s'était endormi puis réveillé devant la télévision. S'était remis à boire. Du whisky. Il n'avait pas mangé. Il aurait voulu avoir des nouvelles d'Ann.

Le téléphone sonna. Il hésita à répondre. On allait entendre qu'il était encore saoul de la veille. Ou à moitié en tout cas. Si c'était important, ils laisseraient un message. Tout à coup, il songea que c'était peut-être Ann, il ne voulait pas rater son coup de fil. Et tout à coup aussi, il avait envie de parler aux enfants, ce qui ne lui arrivait pas souvent, il fallait bien l'admettre. Il décrocha. Ce n'était pas Ann, c'était Alice qui lui demandait comment ils allaient depuis la dernière fois. Et est-ce qu'ils voulaient revenir dîner à la maison parce qu'ils avaient invité Suzie. Il répondit qu'il ne savait pas. Qu'il devait en parler à Ann. Il n'osa pas dire que Ann n'était pas là, qu'elle était partie en Grèce et devine avec qui, avec Harold. Le con de Harold. Le prétentieux. Il lui promit qu'il la rappellerait très vite pour lui dire. Il ne prit pas de nouvelles de John. Il raccrocha.

Il essaya d'imaginer Ann en Grèce, sur son île, entre deux plages et trois temples d'Aphrodite en ruines, Ann en maillot de bain. Et Harold qui la regardait. Dieu merci, elle s'était encombrée des enfants. Est-ce qu'elle couchait avec Harold après les avoir mis au lit ? Il avait confiance en Ann. C'était une question de vacances et d'argent mais quand même. Et partir comme ça sans rien lui dire. Et puis il y avait cette autre chose, qui finalement était une pensée coupable, surtout pour un mari, il se disait qu'avec tout son fric, Harold aurait pu inviter et séduire n'importe quelle femme, beaucoup plus sexy qu'Ann. James aimait Ann, elle lui plaisait, il ne fallait pas s'y tromper, mais il était bien conscient de ne pas avoir épousé euh… comment dire ? Miss Univers. Et c'était elle que Harold avait invitée à venir en Grèce. D'ailleurs, pour être honnête, lui aussi avait été invité et il avait refusé.

En attendant il n'avait vraiment pas envie de raconter à John et Alice qu'elle était partie en Grèce avec ce con. Expliquer qu'il ne fallait rien y voir de mal. Et il imaginait sans peine ce qu'ils se diraient quand il aurait tourné le dos. Le pauvre cocu qui fait toujours rire même si on le plaint. D'une banalité accablante en plus. Il était devenu un personnage dans un sketch de Benny Hill. S'il prétendait qu'elle était partie sans Harold, toute seule, en Angleterre, ils finiraient par apprendre la vérité. Il en avait marre de cette petite société anglaise où tout le monde connaissait tout le monde et racontait tout un tas de ragots sur tout le monde. Et puis même John et Alice… finalement ils étaient ennuyeux. Il se demanda si le moment n'était pas venu de partir, de recommencer ailleurs. Mais avec quoi ? Quel argent ? Et où ? En Grèce ? Un petit sourire amer se dessina sur ses lèvres.

Il rappela après avoir pris une très longue douche pour dire que ce n'était pas possible ce soir. Rien de grave mais il expliquerait plus tard. Il raccrocha. Il n'avait plus rien à manger. Mais surtout il n'avait plus rien à boire.

Il monta dans sa voiture, se rendit compte qu'il n'y avait presque plus d'essence non plus. Il en prendrait pour vingt euros à la pompe de Villars en espérant que ça lui permettrait d'aller jusqu'à Thiviers acheter ce qu'il lui fallait. Il n'avait pas de liquide non plus. Ann était partie en mettant dans son porte-monnaie tout ce qu'ils avaient. Merde à la fin. Il emporta sa carte en espérant qu'il arriverait à tirer du fric.

Arrivé à la pompe, il demanda ses vingt euros d'essence. On le servit non sans un haussement de sourcils qu'il fit semblant de ne pas voir. Puis quand il voulut payer avec sa carte, la méchante petite machine que tenait la femme du pompiste et cafetier lui cracha au visage : « Paiement refusé. »

Il dit : « J'ai dû me tromper en tapant le code. » Il n'y croyait pas vraiment. La femme du pompiste non plus. Il avait déjà honte de n'avoir demandé que vingt euros d'essence... Il refit le code, lentement, comme un débile en appuyant très fort sur les touches et obtint le même résultat. Il n'avait pas de chéquier. Et elle était là à le regarder imperturbable, à attendre qu'il dise quelque chose. Il se passa la main dans les cheveux. La nausée de la gueule de bois le reprit tout à coup. Il écarta les bras en signe d'impuissance, fit une petite grimace. La femme du pompiste n'avait pas bougé, tout juste si elle plissait les yeux pour se garder du soleil et marquer sa perplexité.

« Je peux vous payer plus tard. Je vais aller voir mon banquier. Ça doit être un problème avec la carte.

– Normalement on fait pas crédit.

– Oui, je comprends. Mais là... je sais pas trop quoi vous dire. Je n'ai pas de liquide. On peut essayer une troisième fois ?

– Vous croyez ?

– Je sais pas.

– Eh ben revenez ce soir, alors, ou demain », fit-elle en lui tournant le dos et en haussant les épaules.

Il décida qu'il ne serait pas prudent de pousser jusqu'à Thiviers. Il risquait de se retrouver coincé, en panne d'essence, et visiblement il ne pourrait pas retirer de l'argent au distributeur. Il rentra chez lui et se demanda où il pourrait trouver de l'alcool. Il conclut que la seule chose à faire était d'aller en demander à Gilbert. Pourvu qu'il ait autre chose que du pineau. Saloperie de pineau. Ou pire encore son guignolet qu'il lui avait fait goûter une fois. James n'avait pas d'épithète assez dure pour qualifier le guignolet. Est-ce qu'il pouvait décemment demander à Gilbert de lui refiler son Label 5 ? C'était ça ou rien.

Quand il arriva chez Gilbert, il était en train de parler avec deux personnes, un couple, entre trente et quarante ans.

*

Ils avaient une 405, la carrosserie noire commençait à peler comme une peau malade. Il n'y avait pas d'enjoliveurs sur les roues. Ils l'avaient garée à l'entrée du chemin. Ils avaient repris leur voiture pour venir de chez Michel jusque chez lui. Il devait y avoir moins de cent mètres.

En les regardant, Gilbert avait eu vaguement peur. C'était sa coupe de cheveux à lui qui était le plus incroyable. Comme un footballeur allemand. Court devant et long derrière. Et court sur les côtés aussi. Avec des lunettes de soleil miroir qu'il n'avait pas enlevées pour venir lui parler. Et Gilbert se voyait reflété là-dedans, nerveux, crispé.

« Je suis le neveu de Michel Pauzac et ça, c'est ma copine, Karine. »

Gilbert avait hoché la tête sans rien dire.

« Vous ne savez pas où est mon oncle ?

– Non. »

Il portait un débardeur, blanc devenu grisâtre qui mettait en valeur les muscles secs et nerveux de ses épaules et de ses bras. Il avait des tatouages bleutés. Quand il remonta ses lunettes sur son nez, Gilbert remarqua qu'il avait un point noir tatoué entre le pouce et l'index, sur la paume de la main et un autre sur le revers. Puis un nom illisible sur l'avant-bras. Et un autre truc un peu plus haut sur le biceps.

Elle était maigre, les deux mains enfoncées dans les poches arrière de son jean noir. Elle regardait de droite et de gauche comme si elle était étonnée, comme une artiste d'avant-garde new-yorkaise arrivant dans un village isolé des Appalaches. Elle portait un T-shirt usé, noir également et des Doc Martens mais Gilbert ne savait pas que ça s'appelait comme ça. Elle avait tout un tas de cheveux empilés sur la tête et retenus Dieu sait comment.

« Vous ne savez pas où il a pu aller ?

– Non.

– Vous ne savez pas non plus quand il va revenir ?

– Non. »

Gilbert se demanda l'espace d'un instant : « Et si je lui disais que Michel est mort et enterré depuis trois mois ? » Il était tenté. Et comme il remarquait que le neveu avait des espèces de bracelets de perles au poignet droit, il songea qu'il pourrait facilement apprendre que c'était faux, en tout cas en ce qui concernait l'enterrement. Et puis imagine qu'il commence à vouloir l'héritage. Il manquerait plus que ça. De le voir débarquer chez le notaire.

« Ça fait longtemps que vous l'avez pas vu ?

– Ça fait un petit moment. »

Il ne pouvait pas lui dire qu'il l'avait vu la veille, mais congelé.

C'est à ce moment que James arriva et Gilbert fut sincèrement content de le voir et il l'accueillit avec des effusions de joie et des témoignages d'amitié qui étonnèrent le nouveau venu.

« C'est mon ami James », expliqua-t-il aux deux « jeunes gens » comme il les appelait désormais mentalement. Puis il ajouta : « Repassez plus tard. » Et plus timidement : « Peut-être que Michel sera rentré. »

Puis se tournant vers James : « Venez, venez, on va boire un verre. » Tout juste s'il ne le tira pas par la manche.

James regardait Karine, il lui trouvait quelque chose de... de vulnérable. Et il croisa son regard. Il avait l'impression qu'elle le considérait d'un air amusé. Il lui sourit et suivit Gilbert presque à contrecœur. Il aurait aimé au moins se présenter.

Puis il remarqua : « C'est vrai que ça fait longtemps que je n'ai pas vu Michel. »

Et Gilbert répondit : « Il est occupé. Oh et puis, c'est un peu un ours. » Il marqua une pause et conclut : « Dans ces moments-là, vaut mieux pas le déranger. »

Quand ils arrivèrent dans la cuisine, Gilbert proposa : « Vous voulez boire quelque chose ? »

Et James accepta avec un enthousiasme qui étonna Gilbert cette fois.

James expliqua : « Oui, volontiers. Je n'ai plus rien à boire vous voyez et je voulais en acheter à Thiviers ou Nontron mais j'ai un problème avec ma carte. »

Gilbert lui adressa un regard vaguement suspicieux.

« Je n'ai pas pu tirer de liquide au distributeur. Il faut que j'aille régler le problème avec la banque. C'est un problème… technique. »

Gilbert fit « Mmm… » Il commençait à se demander si James voulait lui emprunter de l'argent et il ne savait pas trop ce qu'il ressentait lui-même vis-à-vis de ça. Ses parents lui avaient dit toute sa vie que ce n'était pas bien de s'endetter et c'était ce qu'ils avaient fait toute leur vie, parce qu'ils n'avaient pas le choix. Et ils lui avaient dit que ce n'était pas bien de prêter de l'argent. Et ça, c'était un principe auquel ils s'étaient tenus parce que de toute manière, ils n'auraient pas pu.

« Je me demandais, dit James si vous ne pourriez pas me prêter, enfin c'est idiot… une bouteille. D'alcool. Je vous rembourserai. »

Ils étaient en train de boire l'habituel whisky dégueulasse de Gilbert et James se risqua à demander : « La bouteille de whisky, là, par exemple, si ça ne vous dérange pas. »

Et Gilbert répondit : « Le problème c'est que j'ai que celle-là. Mais je peux vous passer du pineau. Ça, il y en a tant que vous voulez. »

*

« On va attendre ici combien de temps ? demanda Karine.

– Qu'est-ce que tu veux qu'on fasse d'autre ? »

Elle était assise sur la banquette arrière de la voiture, avec la portière ouverte, les deux pieds posés sur le sol à l'extérieur, elle écrasait sa troisième cigarette dans l'herbe. Pendant que lui, Gérard, tournait autour de la maison, collait son visage à la vitre pour regarder à l'intérieur.

« Ça m'étonnerait que le vieux con se fasse attendre encore longtemps. Normalement, il sort jamais de chez lui. »

Puis il entendit un aboiement. Il contourna la maison et se dirigea vers l'enclos du chien au fond du jardin. Le chien lui fit la fête à lui aussi, tourna sur lui-même, posa ses deux pattes avant sur le grillage, lui fit les yeux doux en remuant la queue, et Gérard ne put s'empêcher de sourire. Il s'accroupit, passa les doigts à travers le grillage et le chien les lécha. Puis il remarqua les deux gamelles côté à côte. Vides. Et il songea : « Putain, mais il n'a rien à boire, ce chien. »

Il se releva, entra dans l'enclos, ramassa la gamelle vide, caressa la tête du chien, puis ressortit à la recherche d'un robinet.

Il en trouva un à côté de la grange qui servait de garage et d'atelier. Rien. Pas une goutte. Il trouva ça bizarre. Puis il répéta : « Putain » et ajouta « mais c'est pas vrai ».

Il retourna à la voiture parce qu'il savait qu'ils avaient une bouteille d'eau minérale. Et justement Karine était en train de boire au goulot.

« Bois pas tout, je vais en filer au chien. Le vieux est parti sans donner à boire ni à bouffer à son chien. Et il a coupé l'eau. »

Elle le regarda d'un air un peu surpris. Parce qu'elle aussi, elle avait soif. Peut-être plus encore que le chien. Il n'en restait qu'un fond. Et comme elle sentait qu'il allait vaguement lui en vouloir, elle demanda : « Pourquoi, tu ne vas pas demander au vieux ? Celui qui était là tout à l'heure ? Le voisin ? »

C'était pas bête mais ça lui aurait fait mal de reconnaître que depuis qu'il avait vu les gamelles vides du chien, il était de mauvaise humeur. Surtout qu'il était en plus en train d'attendre. Sans rien ajouter, il prit la direction qu'avait suivie Gilbert et vit sa maison à cent cinquante ou deux cents mètres, de l'autre côté du petit monticule qui la cachait en partie.

*

James en était à son troisième whisky. Il commençait à voir en Gilbert un vrai ami. Gilbert, lui, n'en avait pris qu'un. Et il écoutait toujours James qui lui racontait que Ann était partie avec Harold mais que c'était pas grave, il lui faisait confiance et que c'était pour les enfants parce que les enfants avaient besoin de vacances. Gilbert s'en foutait toujours autant. Mais il se disait que si le neveu s'attardait dans les parages, il aurait besoin d'aide. Il ne savait pas exactement pourquoi mais il aurait besoin d'aide, ça c'était certain. Et il n'avait personne d'autre pour l'aider que cette espèce de grand couillon de James.

D'autant plus que James était passé au chapitre de ses difficultés professionnelles et ses ennuis d'argent. Gilbert savait que l'argent était le nerf de la guerre.

Et de ce côté-là, il avait tout ce qu'il fallait. Il savait que tout s'achète, et pas seulement les chemises d'Auchan et les vestes en cuir.

C'est à ce moment qu'ils entendirent trois coups frappés à la porte. Comme si c'était la police.

Ils se retournèrent tous les deux en même temps. Ce n'était pas la police, c'était Gérard, ancien repris de justice.

En le voyant, Gilbert blêmit. Ce n'était quand même pas possible qu'il ait déjà retrouvé Michel. Il baissa les yeux et vit qu'il tenait une gamelle.

« Excusez-moi de vous déranger, dit Gérard avec une politesse qui étonna Gilbert, puisque Gérard était un repris de justice, mais c'est pour le chien de mon oncle, il a plus d'eau. »

Et Gilbert songea, oui merde, le chien. Il avait oublié de lui filer à boire et à manger la veille avec toutes ces histoires.

Et il déclara d'un air aimable : « Oh, faut pas vous inquiéter, il s'en occupe bien de son chien. C'est qu'il l'aime son chien, le Michel.

– Oui, enfin, il est enfermé dans sa cage toute la journée. Et il le laisse sans rien à boire… » avec une touche d'impatience et de colère dans la voix, un peu inquiétante.

Gilbert insista :

« Non ! Il s'en occupe bien. » Avec un large sourire et un petit hochement de tête qui voulait vaguement dire « Sacré Michel, on peut lui faire confiance. »

« Vous pouvez me remplir la bassine, là ? Je vais l'apporter au chien. Par cette chaleur… »

Gilbert s'exécuta en songeant : « Il est pas aimable. » Puis quand Gérard repartit, il fit part de ses réflexions à James.

James emporta chez lui deux bouteilles de pineau ce soir-là. Il n'en but qu'une et demie parce qu'il était gagné de nausée. Il se mit à penser à Ann, assis dans son jardin à écouter les bruits de la nuit. Mais parfois dans l'obscurité et dans ses pensées, le visage d'Ann se confondait avec celui de cette femme qui lui avait paru, euh... vulnérable.

*

« Au moins les enfants s'amusent. » C'était la troisième fois en trois jours qu'Ann se répétait cette pensée. Elle les voyait sur la plage, faire des pâtés et des châteaux comme dans les vieilles illustrations sur les bains de mer. Ils méritaient bien des vacances. Elle n'avait pas écrit à James. Pas encore. Elle s'était promis de le faire et même de l'appeler. Mais elle craignait une scène. Et aussi très vaguement elle craignait de devoir lui avouer qu'elle s'ennuyait un peu. La maison de Harold était superbe. Il faisait très beau. Il y avait une piscine. On y passait beaucoup de temps. Emma avait toujours un verre de gin à la main. Et un air d'indifférence polie sur le visage. Un jour, elle l'avait trouvée à poil sur un transat en train de bronzer. Ça l'avait gênée à cause des enfants. Mais Ann n'avait rien osé dire. Il fallait reconnaître que pour son âge, elle avait encore un beau corps. Et elle le savait.

Ann regardait ses jambes à elle, pendant qu'elle essayait de bronzer au bord de la piscine. Toute cette cellulite. Fait chier. Et il fallait qu'elle se tartine de crème parce qu'elle avait la peau très pâle. Pourquoi est-ce que les riches bronzent et que les pauvres prennent des coups de soleil ?

Un soir Harold et Emma s'étaient engueulés. Ils étaient ivres morts l'un et l'autre. À ne pas pouvoir tenir debout. Ils avaient échangé des insultes qui l'avaient étonnée. C'était cru. Dans d'autres circonstances elle aurait peut-être été tentée d'en rire. Elle avait été choquée. Et quand elle y repensait, elle s'en voulait d'ailleurs. Ça prouvait bien qu'elle était une petite bourgeoise un peu prude. Là encore elle avait été gênée à cause des enfants. Et le lendemain, c'était comme si de rien n'était. On reprenait la bouteille de gin là où on l'avait laissée. Puis on faisait des promenades, on allait voir des petits ports et des pêcheurs de pieuvres qui frappaient à toute force leurs prises sur les rochers. Puis on buvait du retsina jusqu'à la nausée.

Mais surtout Ann se demandait ce qu'elle faisait là. Elle ne comprenait pas pourquoi on l'avait invitée. Depuis qu'ils étaient arrivés... non, depuis qu'ils s'étaient retrouvés à l'aéroport, il la traitait avec un certaine distance ennuyée. Une chose était sûre, il n'avait rien tenté. C'était rassurant. Surtout à cause des enfants, encore une fois. Mais c'était un peu vexant aussi. De toutes façons, il fallait bien se dire qu'elle ne comprendrait jamais rien à ces deux-là, Harold et Emma.

Elle se demanda si James lui manquait. Non. Elle n'avait plus trop envie d'être là. Mais elle n'avait pas envie de rentrer non plus. Quelque chose lui manquait. Mais elle ne savait pas quoi. Les enfants s'étaient mis à s'engueuler autour de la piscine.

*

Le lendemain matin, Gilbert alla s'assurer que cette saloperie de neveu était bien parti. Il avançait plutôt gaiement sur le chemin quand il resta pétrifié. La 405 était encore là. Et un des carreaux d'une des fenêtres du bas avait été cassé. Le salaud était entré par effraction.

Gilbert entendit un bruit derrière lui, c'était la portière de la 405 qui s'ouvrait. La fille était en train d'en sortir. On avait l'impression qu'elle venait à peine de se réveiller. Elle était décoiffée et clignait des yeux. Elle le regardait comme si elle ne comprenait pas ce qu'il faisait là, ni ce qu'elle faisait elle-même d'ailleurs. Elle ne le salua pas, elle resta là à le regarder, comme on regarde les nouveaux venus dans les westerns.

Gilbert jeta en vitesse un coup d'œil vers la boîte aux lettres pour voir si rien ne dépassait, une grande enveloppe, des prospectus. Rien. Par contre il ne pouvait pas aller voir s'il n'y avait pas de petites enveloppes.

Il entendit un aboiement. Qui venait de l'intérieur de la maison. Ils avaient un chien ?

Le neveu apparut à la fenêtre, puis le chien sortit en sautant et vint aboyer devant Gilbert comme s'il ne le reconnaissait pas. Ils avaient sorti le chien de l'enclos et l'avaient laissé entrer dans la maison. Si Michel avait su ça ! C'était cette dernière pensée qui inspira Gilbert et il demanda : « Michel est rentré hier soir ? »

Gérard hocha la tête lentement avant de répondre : « Non.

– Toujours pas ? »

C'était pas mal de marquer de l'étonnement, mais il ne fallait pas non plus en faire trop. Gilbert ajouta quand même : « Ça ne lui ressemble pas. » Puis, histoire de rigoler : « Il s'est peut-être trouvé une copine. » Gérard ne sourit même pas.

Karine était sortie de la voiture et s'étirait, les bras au-dessus de la tête, on voyait son nombril apparaître. Elle bâilla. Puis Gérard lui demanda en riant « Alors, t'as bien dormi ?

– C'est toujours mieux que de dormir dans le lit de ton oncle. Dégueulasse. »

La veille ils avaient eu une scène. Gérard avait décidé d'attendre son oncle en s'allongeant sur le lit de la chambre à coucher. Elle avait refusé de le rejoindre, avait dit que ça sentait le vieux. Et même que ça sentait la mort. Gérard avait dit qu'on s'en foutait et de toute manière où est-ce qu'elle allait dormir ? C'était là qu'elle avait décidé de s'installer sur la banquette arrière de la 405, pendant que lui allait ouvrir le portail au chien et l'invitait à son tour à le rejoindre sur son lit. Et si le vieux faisait la gueule ou se mettait à râler, il lui expliquerait comment on traite les animaux. Il ne supportait pas qu'on enferme des chiens. Il s'était déjà disputé avec des chasseurs qui mettaient leurs animaux dans des cages, ne les sortaient jamais en dehors des jours de chasse et ne les nourrissaient pas pour qu'ils traquent mieux leurs proies. Lui, Gérard, avait fait plus d'un tour en prison, derrière des grilles et des barreaux. Le dernier avait été le plus long. Récidive. Il se rappelait encore la vérification des barreaux, quand on frappait ces barres de fer dans toute la prison, et ce bruit, comme un xylophone infernal qui l'empêchait de penser, qui lui donnait des migraines, ou du moins était-ce ce qu'il ressentait, même si ce n'était pas vraiment des migraines, comme le lui avait dit le médecin de la prison.

Et le chien lui en était reconnaissant. Il tournait autour de lui en s'agitant et en bavant de gratitude, comme s'il n'avait jamais connu aucun autre maître. Et Gérard lui caressait la tête.

Gilbert sentait qu'il n'avait plus rien à faire là, à part en rajouter une couche. « Bon, dit-il, quand Michel reviendra, prévenez-moi ou dites-lui de venir me voir. »

Puis il tourna les talons et repartit. Ni Gérard ni Karine ne trouvèrent utile de lui dire au revoir.

Cette fois, ce fut Gilbert qui décida d'aller voir James.

*

Gérard rentra dans la maison pendant que Karine criait derrière lui : « Il a du café, le vieux ? » Et elle bâilla une fois de plus. Elle se dirigea vers les placards de la cuisine et se mit à les ouvrir. « De la chicorée. Dégueulasse », commenta-t-elle.

Gérard entra dans la cave pour voir ce qu'il y avait comme bouteilles et resta en arrêt devant le nouveau congélateur. Il s'approcha, tenta de soulever le couvercle. Il dit à haute voix : « Il s'emmerde pas. C'est tout neuf. » Puis : « Il ferme sa bouffe à clef », dit Gérard en se tournant vers Karine. Et comme elle ne réagissait pas, il ajouta : « Tu te rends compte ? » Il alla vers le deuxième congélateur, se demanda si celui-là aussi serait fermé à clef. Mais il l'ouvrit sans peine. Des tas de morceaux de viande congelés et parfois recongelés s'offrirent à sa vue.

« Qu'est-ce que tu regardes là-dedans ? » demanda Karine. Elle vint le rejoindre, se posta à côté de lui, regarda la viande et pour la troisième fois en très peu de temps commenta : « Dégueulasse ! »

Et c'est à ce moment-là que le téléphone sonna.

Karine et Gérard regardèrent le vieil appareil gris, ils avaient presque l'impression que le combiné s'agitait tout seul comme un animal qui s'ébroue, comme dans les dessins animés.

Elle demanda : « On répond ? »

Il se tourna vers elle : « Je ne sais pas. Pourquoi pas ? »

Il décrocha et entendit une voix aimable au ton professionnel qui disait : « Monsieur Pauzac ?

– C'est son neveu. C'est de la part de qui ?

– Je m'appelle Jean Lapierre, je suis le conseiller financier de monsieur Pauzac, pourriez-vous me le passer ?

– Il n'est pas là.

– Vous savez quand il rentrera ? »

Gérard hésita.

« Sans doute dans le courant de la journée. »

Puis après une brève hésitation : « Vous voulez que je lui transmette un message ?

– Si vous pouviez lui demander de me rappeler. Sinon j'essaierai de le joindre demain dans la matinée. »

Il reposa le téléphone d'un air songeur.

« Qu'est-ce que c'est ? demanda Karine.

– C'est le banquier du vieux.

– Pourquoi est-ce qu'il appelait ?

– Tu crois quand même pas qu'il va me le dire ? T'es conne ou quoi ?

– Tu penses qu'il a des difficultés d'argent ton oncle ? »

Il éclata de rire.

« Décidément, t'es vraiment conne. Il est bourré de fric. »

Et se tournant vers l'intérieur austère de son parent, avec ses chaises qui auraient dû être rempaillées, l'absence de confort de cette cuisine, l'absence d'un salon même où on aurait pu s'asseoir et se détendre, l'absence de la moindre décoration, avec les quelques verres en Pyrex rangés dans le buffet Henri II et la boîte en métal de galettes bretonnes qui servait désormais de sucrier, il demanda avec un sourire narquois : « Ça ne se voit pas ? »

*

Gilbert trouva James assis devant la table de sa cuisine. Normal. James, encore récemment, avait songé qu'on passait un temps incroyable attablé dans sa cuisine, dans ce pays. Même quand on recevait des amis, des invités, on se mettait à la table de la cuisine.

Il venait d'ouvrir une lettre de la banque. Encore une qui l'informait que deux chèques signés par Ann la semaine précédant son départ avaient été rejetés. Il buvait du café, et il avait honte. Il allait falloir contacter ces gens. Leur expliquer… leur expliquer quoi d'ailleurs ? Et comment se faisait-il que le fric qu'Ann avait emprunté à Harold se soit déjà envolé ? En plus de ça, on lui expliquait que ça allait lui coûter cher de ne pas avoir d'argent, il y avait des frais liés au rejet et des pénalités. On est toujours puni quand on n'a pas d'argent, songea-t-il.

Et il entendit la voix de Gilbert qui avec une gaieté inhabituelle lui demandait depuis le pas de la porte : « Hé bé, comment ça va ? »

Cette fois, James ne fit pas semblant, il haussa les épaules comme un Français, adressa un petit sourire triste à Gilbert et répondit : « Pas très bien.

– Qu'est-ce qui vous arrive ?

– Ben ça. »

Et il lui désigna la lettre de la banque posée devant lui. Gilbert regarda. Un peu choqué quand même. Avoir des chèques rejetés, c'était quand même un peu honteux. Puis il eut une idée. Et il déclara d'un ton aimable :

« Plaie d'argent n'est pas mortelle.

– Quoi ?

– Plaie d'argent n'est pas mortelle », répéta Gilbert en s'imitant lui-même.

James le regarda en fronçant les sourcils. Sa maîtrise du français n'allait pas jusque-là.

« Je ne comprends pas.

– Ça veut dire qu'on n'en meurt pas. »

James haussa les sourcils cette fois.

« Peut-être, mais… »

Et même s'il n'allait pas en mourir tout de suite, il aurait pu se mettre à chialer.

« Je n'ai plus d'essence, plus de liquide, et quasiment plus rien à manger, je ne sais pas ce que je vais faire. »

Le regard dans le vague comme s'il se parlait à lui-même, Gilbert demanda : « Vous voulez que je vous prête de l'argent ? »

James pensa avoir mal entendu. « Pardon ?

– Est-ce que vous voulez que je vous prête de l'argent ? »

C'était miraculeux. Tellement miraculeux qu'il avait du mal à y croire, puis, se ressaisissant tout d'un coup, il songea : « Attends, attends, il va sûrement te proposer de te prêter vingt euros, c'est pas le moment de s'emballer. »

Gilbert ajouta : « Vous me rembourserez quand vous pourrez. C'est pas pressé.

– C'est vraiment gentil. Ça me gêne…

– Entre amis, il faut pas. Vous auriez besoin de combien ? Deux mille ? Trois mille ?

– Trois mille quoi ?

– Ben trois mille euros. »

James avait l'impression de rêver. Il savait qu'il n'était pas saoul puisqu'il n'avait plus les moyens de s'acheter à boire, mais c'était comme s'il allait se réveiller dans son lit à côté d'Ann et lui dire, tu sais quoi ? J'ai fait un rêve complètement délirant, tu étais en Grèce avec Harold et Gilbert, notre voisin, me prêtait de l'argent.

Sauf qu'il ne se réveilla pas et qu'au lieu de ça, il entendit Gilbert qui disait : « Si ça ne vous dérange pas, je préfère vous les prêter en liquide ?

– Non, ça ne me dérange pas. »

Il était hébété. Il ne comprenait plus rien. Rien ne pouvait être aussi simple. Rien ne pouvait se résoudre comme ça. Une pareille situation ne pouvait pas exister. Comme dans un conte de fées avec en plus Gilbert en guise de bonne marraine.

« Dites-moi combien il vous faut. Même si c'est beaucoup. »

James n'osait pas ouvrir la bouche.

« Allez, je vais vous prêter, disons huit mille euros. »

Il avait failli proposer dix mille, histoire de faire un compte rond, puis il s'était repris en songeant qu'il ne fallait pas exagérer non plus. Huit mille c'était bien assez. Et maintenant, qu'il allait empocher huit mille euros tirés du compte de Michel, James allait l'aider, il n'aurait plus le choix. Et il allait commencer par l'aider à se débarrasser de cet emmerdeur de neveu. D'ailleurs pour ça, Gilbert n'aurait même pas besoin de lui dire toute la vérité tout de suite. D'autant plus que la vérité était difficile à croire et que James risquait de se mettre dans la tête que lui, Gilbert, avait tué Michel.

*

En reposant le téléphone, Jean Lapierre avait eu une salle impression. Cette voix jeune au téléphone, aimable avec des accents indéfinissables, aimable comme un gendarme qui vous donne une amende par exemple. Il imaginait un homme énergique, dur, froid. Puis il se répétait que ça ne le regardait pas. Mais la conversation parfaitement anodine lui revenait et se transformait en une menace. Et toutes ces dépenses tout d'un coup... Le vieux lui avait dit au téléphone que c'était pour le mariage de sa nièce. Et le jeune homme qu'il avait eu au téléphone s'était présenté comme son « neveu ». Peut-être parce qu'il épousait la nièce du vieux Pauzac. Est-ce qu'il avait dépensé cet argent pour offrir à sa nièce un mariage somptueux ? Ça ne lui ressemblait pas, d'un autre côté Jean Lapierre était bien obligé de se dire qu'il ne connaissait pas les rapports qu'entretenait Pauzac avec sa nièce. Peut-être qu'elle était belle, qu'elle avait été toujours bonne et généreuse pour lui et qu'il était prêt à tout pour elle. Ou est-ce qu'au contraire, elle avait rencontré un voyou, une brute ? Et qu'à eux deux, ils faisaient chanter le vieux. Ils lui « chauffaient les pieds » comme on disait dans le temps. Des images gothiques se bousculaient maintenant dans le cerveau de Lapierre. Il essaya de ne plus y penser. Il ferma les yeux et entendit à nouveau cette voix, comment dire ? cette voix métallique qui l'informait que le vieux Pauzac n'était pas là. Pour se calmer il alla voir ce qui se passait sur le compte de Néné. Est-ce qu'il s'était acheté de nouvelles Nike ? Ou carrément un survêtement pour aller aux champignons en automne ?

*

« C'est vraiment bizarre, tu ne trouves pas, qu'il ne soit toujours pas là ? » demanda Karine.

Gérard haussa les épaules et répondit : « Qu'est-ce que tu veux que j'y fasse ?

– Il est pas rentré la nuit dernière et il est pas venu de la journée ?

– Je sais, j'étais là avec toi au cas où tu l'aurais oublié. T'es conne ou quoi ? »

Il s'amusait à jeter un bâton au chien qui le lui rapportait en glapissant.

« J'ai faim.

– Va voir s'il y a quelque chose dans les placards.

– J'ai déjà regardé, il y a rien.

– Va voir dans le frigo.

– Il y a rien, je te dis.

– Alors va voir dans le congélateur.

– Faudra attendre que ça décongèle.

– T'as trouvé ça toute seule ? Va chercher à bouffer et m'emmerde pas. »

Elle alla encore fouiller dans les placards. Elle trouva à côté de la chicorée un pot de moutarde, du sel dans une boîte en carton humide. Une boîte de pêches au sirop. Pas vraiment appétissant. Il n'avait même pas d'œufs. Et dans le « frigo », comme il disait, même chose. Un vieux bout de fromage durci, jaunâtre. Du râpé devenu vert. Un reste de pâté dans un pot qui commençait à pourrir. Des yaourts. Elle regarda la date. Périmés.

Elle se dirigea alors vers la cave et les deux congélateurs. Elle essaya d'ouvrir le plus neuf des deux, celui qui la répugnait moins. Le couvercle était fermé à clef. Elle insista. Sans résultat. Elle eut l'idée d'en faire part à Gérard, puis songea qu'il allait sûrement la rabrouer. La traiter de conne, encore une fois. Il n'avait plus que ce mot-là à la bouche pour s'adresser à elle. Et puis on ne pouvait pas non plus forcer cette serrure de toute manière. Imagine quand le vieux va rentrer et se rendre compte qu'en plus d'avoir cassé sa fenêtre pour pénétrer dans la maison on avait cassé son congélateur.

Elle essaya d'ouvrir le deuxième et cette fois y parvint sans peine. Tout l'amas de viande congelée rouge de sang et blanche de glace dans ces sacs en plastique lui donna un haut-le-cœur. Elle referma le couvercle, ressortit. Gérard était toujours assis sur une grosse pierre qui avait dû un jour servir de linteau de cheminée. Il ne jouait plus avec le chien mais fumait une cigarette en prenant des poses de cow-boy, une jambe allongée devant lui, l'autre repliée qui soutenait son coude. Et il laissait négligemment pendre une cigarette entre le majeur et l'index de sa main droite.

C'était ce qui l'avait séduite au début. Cette nonchalance. Son côté narquois, mauvais garçon. Légèrement vulgaire, c'est vrai, mais excitant. Et qui aurait épouvanté ses parents si elle avait eu l'idée de le leur présenter. Pour les faire chier. Mais maintenant, c'était elle qu'il faisait chier. Elle se rendit compte qu'elle parlait plus grossièrement depuis qu'elle traînait avec lui. Elle pensait plus grossièrement aussi. Elle, qui avait toujours voulu être une « mauvaise fille » aux côtés d'un « mauvais garçon », trouvait finalement que ce n'était pas si formidable que ça. Et puis elle avait faim.

Elle ressortit en passant par la fenêtre de la cuisine, parce que la porte d'entrée était fermée à clef et que c'était la seule façon. Il avait mis un tabouret de part et d'autre de la fenêtre. Quand elle posa le pied sur le tabouret à l'extérieur, il bascula légèrement et elle tomba par terre. Elle sentit une douleur atroce à la hanche. Elle resta prostrée quelques instants et elle entendit Gérard qui éclatait de rire et lui disait : « T'es vraiment conne ! »

*

Gilbert n'avait pas pu retirer plus de cinq cents euros à la fois et il alla les porter à James. Comme la banque de Michel était à Nontron, il avait décidé d'aller faire ce retrait à la machine à Thiviers. Il se disait que c'était logique.

Il avait d'abord voulu retirer deux mille cinq cents euros. Impossible. Puis mille. Même chose. Et là, il s'était contenté de ces cinq billets de cent euros qu'il apportait à James comme un bouquet de fleurs.

Il se demanda si James était un peu déçu. C'était culotté quand même. Bien qu'il lui ait promis huit mille. C'était vrai aussi. Mais il aurait pu manifester plus de gratitude d'autant qu'il ne savait pas que ce n'était pas son propre fric que Gilbert lui prêtait. Mais peu importe.

« Je vous en donnerai plus comme je vous ai dit, expliqua-t-il, mais on ne peut pas tirer dix mille euros de liquide d'un coup.

– Vous pouvez me faire un chèque si vous voulez, ça ne me dérange pas. »

Tu penses que ça ne te dérange pas, songea Gilbert avec un léger agacement. Mais il était hors de question qu'il fasse un faux chèque avec une fausse signature. Et pour une somme pareille en plus. Et de toute manière, il n'avait jamais aimé les chèques. Ça laissait des traces.

« J'y retournerai demain, dit-il. À la banque. Et je vous rapporterai encore des sous. Mais là, ça devrait quand même vous dépanner pour un jour ou deux.

– Oui, oui, merci c'est très gentil. »

Avec l'émotion son accent anglais s'était fait plus fort. Surtout quand il avait dit « Oui, oui. »

Puis Gilbert ajouta : « Tenez, je vous ai aussi apporté des œufs. »

*

Karine s'était égratigné les paumes des mains et son jean s'était légèrement déchiré au genou.

Elle replaça le tabouret devant la fenêtre et retourna à l'intérieur pour se laver les mains. Un bout de savon de Marseille durci, jaune, et craquelé était posé sur un coin de l'évier carré en pierre.

Il y avait aussi une longue cuillère, une espèce de louche dont le manche était un tuyau ouvert à son extrémité. Elle se demanda à quoi ça pouvait bien servir. Et conclut qu'elle s'en foutait. L'eau froide lui brûla la main. Elle chercha un torchon pour s'essuyer et se servit finalement de son pantalon sale. Tout était propre ici mais tout lui était étranger. Et même de se sécher les mains sur le torchon usé qui pendait à un crochet rouillé enfoncé dans le plan de travail à côté de l'évier lui inspirait un mélange de crainte et de dégoût. Puis elle vit à côté du robinet posé le long de la pierre un grand couteau de boucher avec un manche noir. Et elle en eut un frisson, de peur cette fois.

Elle était épuisée. Après cette nuit passée dans la voiture. Et comme elle avait déjà dit à ce salaud de Gérard, elle avait faim. Elle inspecta une deuxième fois les placards où elle savait qu'elle ne trouverait rien.

Elle retourna dans la chambre de Michel où elle avait refusé de se coucher et regarda le lit étroit qui pouvait à peine accueillir deux personnes. Gérard avait dormi dans les draps du vieux avec le chien à ses pieds. Elle n'arrivait pas à y croire.

Elle alla ouvrir l'armoire sur le palier pour trouver des draps propres. Il y en avait deux pliés soigneusement sur l'étagère à hauteur de ses yeux. Et sur l'étagère du haut tout un tas de draps en lin, pliés, repassés. Brodés. Comme chez sa grand-mère. Et ça sentait l'humidité. Elle passa le bout des doigts sur les draps sans oser les déplier. Un trousseau. Là, dans cette chambre dans cette maison sans vie, il y avait un trousseau. Le vieux était veuf ? Le trousseau de sa mère peut-être. Une initiale et un P comme Pauzac.

Elle prit les deux draps propres devant elle et remplaça ceux qui se trouvaient sur le lit, puis elle s'allongea après avoir jeté l'oreiller par terre et malgré l'odeur de vieux, elle s'endormit. En repensant à la maison de sa grand-mère en Gironde, dans l'Entre-deux-Mers, au flanc d'une colline, riante, entourée d'arbres.

*

Cinq cents balles, c'était pas énorme, mais en plus d'un plein d'essence, ça allait acheter une bouteille de pur malt ou deux. Il ne fallait pas oublier d'aller payer les commerçants pour rattraper ses chèques rejetés et retrouver son compte en banque. En attendant il avait cinq cents balles en liquide et il fut pris par la même inspiration que Gilbert quand il avait mis la main sur le fric de Michel : il allait faire du shopping, même si Gilbert n'aurait jamais appelé ça comme ça. Et James n'allait pas aller à Thiviers, ni à Auchan. Il prit la voiture. Fit le plein à Villars et paya d'un air satisfait. Puis il se dirigea vers le centre de Périgueux.

Il aurait voulu être à Londres, vraiment, s'acheter des chemises à Jermyn Street. Et s'arrêter dans la célèbre fromagerie pour s'acheter du stilton. Puis chez Fortnum's. De la pâte d'anchois. Évidemment ça, à Périgueux… Mais il trouverait bien quelque chose. Une nouvelle platine pour écouter ses vieux vinyles par exemple. Parce que rien ne vaut le son d'un vinyle. Tous ces disques qui allaient lui rappeler le bon temps quand il en serait au quart de la bouteille de Glenfiddich. À peine au quart. Il était sûr qu'Ann serait furieuse. Et pour cause, ils en avaient parlé de la possibilité d'acheter une platine. Mais Ann était en Grèce et n'avait pas grand-chose à dire. Et après ça, donc, eBay pour racheter quelques disques extrêmement précieux qui s'étaient abîmés pendant le déménagement. Le problème d'eBay, c'était le paiement, mais il trouverait bien une solution. Il conduisait avec un sourire aux lèvres sans s'en rendre compte, mais quand le mot « solution » se forma dans son esprit il ne put s'empêcher de se rembrunir légèrement, de froncer les sourcils et de se demander pourquoi Gilbert avait décidé aussi spontanément de lui prêter cet argent.

Puis il chassa cette pensée. Ou plutôt il la remit à plus tard. Pour l'instant, c'était platine et whisky.

*

« J'ai faim.

– Tu vas me le répéter combien de fois ?

– Et on va rester combien de temps ici à attendre ton oncle ?

– Le temps qu'il faudra. On n'a nulle part où aller et on n'a pas de fric. Tu vas pas me faire chier longtemps, non ? »

Elle lui aurait volontiers répondu que si elle le pouvait, elle aurait arrêté de le faire chier tout de suite, et serait finalement rentrée à Bordeaux. Mais elle n'avait pas les moyens de lui répondre ça.

« On peut pas aller dans une épicerie dans le coin acheter à manger ?

– On n'a pas assez de fric pour la bouffe et les clopes. »

Et comme pour en faire la démonstration, il en alluma une devant elle.

« Tu veux un joint ? Ça va te couper la faim. »

Elle le regarda en plissant les yeux, sans rien dire et elle chassa du revers de la main une mèche de cheveux qui lui était retombée sur le front. Il arrivait à passer des heures à regarder devant lui, sans rien faire, quand de toutes manières, il n'y avait rien à voir. Elle se demanda si c'était la prison qui avait fait ça. Elle l'imaginait dans une cellule tout seul à fixer le mur et à méditer. De la prison, elle ne connaissait que ce qu'elle en avait vu à la télévision et au cinéma et lui refusait d'en parler. Ça le mettait en colère quand elle posait trop de questions. C'était normal pourtant. C'était intrigant la prison. Tous ces mecs…

« On pourrait pas aller demander au voisin ?

– Demander quoi ?

– S'il a des œufs. Quelque chose comme ça.

– Oui, ça c'est pas con. »

Puis, il ne put s'empêcher d'ajouter : « Pour une fois. »

Elle s'éloigna dans la direction de la maison de Gilbert sans se retourner pendant que Gérard gueulait : « Je vais décongeler un bout de viande, on se fera un barbecue si le vieux n'est toujours pas rentré.

– Tu sais bien que je suis végétarienne.

– T'as qu'à faire une exception, tu vas pas en crever. »

Puis il songea : c'est vrai que c'est bizarre quand même, qu'est-ce qu'il fout, le vieux ?

*

Jean Lapierre n'avait pas pu s'en empêcher, il était retourné voir ce qui se passait sur le compte du vieux Pauzac. Et là, il vit à nouveau des mouvements impensables. Cinq cents euros en liquide. Il avait l'impression que c'était cette voix jeune et métallique qu'il avait eue au bout du fil la dernière fois qui lui disait à l'oreille : cinq cents euros en liquide. Le neveu. Il regarda sa montre, il avait encore trois rendez-vous dans l'après-midi. Le prochain dans dix minutes. Il décrocha son téléphone encore une fois et fit le numéro de Bost. Pas de réponse. Il laissa sonner une bonne dizaine de fois. Rien. Comment pouvait-on ne pas avoir de répondeur à notre époque ? Ça le rendait dingue. Comme il commençait à s'énerver il songea : mais qu'est-ce que je fais ? Le père Pauzac allait finir par lui dire de se mêler de ses affaires. Après tout, il n'était pas en découvert et il pouvait faire ce qu'il voulait de son argent. Mais quand même… Et puis, décidément, ce neveu, là, qui apparaissait juste à ce moment-là. Peut-être que Pauzac se savait mourant et que ça l'avait rendu généreux et dépensier, ou dépensier tout court. Un choc psychologique comme qui dirait. Ça pouvait arriver.

Lapierre se demanda si ce qui le chagrinait n'était pas de voir une aussi belle fortune s'éroder aussi rapidement. Comme un bonhomme de neige qui fond, comme un château de sable détruit par les vagues. Est-ce qu'il avait fait sienne la radinerie du vieux Pauzac et de ses autres clients qui lui ressemblaient, est-ce qu'il finissait par s'identifier à ce besoin de thésauriser ? Un argent qui n'était même pas le sien en plus. Cette pensée le mit mal à l'aise. Elle avait un goût désagréable, comme s'il n'existait plus que par l'argent qui ne lui appartenait pas. Comme s'il n'était plus qu'une petite chose. Obéissante. Qui s'occupait avec trop de zèle des gens qui gagnaient mieux leur vie que lui, qui avaient de plus grosses maisons et de plus belles voitures. Et surtout de magnifiques économies. Non, il se révoltait contre cette pensée. Et pour se le prouver, il songea qu'il allait faire un virement depuis le compte de Pauzac vers celui de Néné. Au point où Pauzac en était, il ne s'en rendrait même pas compte. Pas grand-chose. Disons trente euros. Puis il alla voir sur le compte de ce couple d'Anglais. Qui avaient eu deux chèques rejetés. Ceux-là, ils en avaient encore plus besoin. Il ne savait pas pourquoi il les choisissait eux d'ailleurs. Parce qu'elle lui plaisait ? N'y pensons plus. Il leur transféra mille euros. Non, mille cent douze euros et quinze centimes. Un compte rond risquait plus facilement d'éveiller des soupçons.

*

Il la vit remonter le chemin vers la maison depuis la chambre à coucher où il regardait la télévision. Il éteignit. Il avait été pris de peur qu'elle entende la télévision s'échapper d'une chambre à l'étage comme s'il aurait ainsi trahi le fait qu'il cachait un crime.

Puis il descendit rapidement pour voir ce qu'elle voulait. Il ne savait pas encore s'il fallait être aimable ou les rabrouer, se conduire comme un ours, les dégoûter de rester là, elle et le neveu.

Il ouvrit la porte, il ne savait toujours pas quel ton il allait adopter, quand elle lui déclara très poliment : « Bonjour monsieur, je suis désolée de vous déranger. »

Et pris au dépourvu devant son amabilité et son sourire, il répondit presque automatiquement : « Vous ne me dérangez pas. » Pour une fille qui portait des jeans noirs troués, elle était drôlement bien élevée.

« Est-ce que vous pourriez me vendre des œufs, s'il vous plaît ?

– Des œufs ? »

Il lui demandait ça comme s'il n'avait jamais vu un œuf de sa vie.

« Vous n'avez pas de poules ?

– Si. »

Tout le monde avait des poules à la campagne. Même sa grand-mère en Gironde avait des poules. Puis il ajouta :

« Elles pondent pas en ce moment. Mais j'ai acheté une douzaine d'œufs l'autre jour, je peux vous dépanner. Il vous en faut combien ?

– Je peux vous en acheter quatre ?

– Je vous les donne, ne vous inquiétez pas. Vous allez vous faire à manger ? »

Elle plissa le front cette fois avant de lui répondre. Qu'est-ce qu'elle pouvait faire d'autre avec des œufs ? Et Gilbert se demandait à juste titre s'ils n'allaient pas aller farfouiller dans le congélateur.

« Vous voulez de la viande ? Je peux vous en donner aussi », proposa-t-il avec un peu trop de précipitation. Et elle lui répondit :

« Non, ça on en a. Enfin, il y en a dans le congélateur de l'oncle à Gérard. »

Et il la regarda, la bouche entrouverte. Ils avaient ouvert le congélateur. Le vieux congélateur. Forcément. Sinon, elle n'en parlerait pas comme ça. Il cherchait quelque chose à dire, il avait tant de questions à poser, comme : et vous comptez rester combien de temps ? Est-ce que vous vous êtes mis dans la tête de forcer la serrure de l'autre congélateur ? Pourquoi est-ce que vous n'allez pas simplement acheter des œufs au supermarché ? Il se rendit compte qu'il était là comme un demeuré à attendre on ne savait pas quoi. Il se reprit, sourit et ne trouva rien d'autre à dire que : « Bon appétit. »

*

Qui c'est celui-là ? se demanda à haute voix Gérard, se parlant à lui-même quand il vit un type descendre d'une voiture jaune avec une chemise à manches courtes jaune également et une cravate. Il commençait à perdre ses cheveux. Il était propre sur lui.

Lapierre s'approcha, il revenait de voir un client important qui l'avait reçu comme à l'accoutumée dans sa cuisine et avait refusé la plupart des « produits financiers » qu'on lui avait proposés et il avait passé avant un long moment au téléphone à essayer d'expliquer à un homme de quatre-vingt-douze ans pourquoi ce serait difficile d'obtenir pour lui un prêt remboursable sur vingt ans. Et tout ça en restant délicat.

Il avait entendu la remarque de Gérard qui avait parlé un peu trop fort. Il s'avança avec un sourire de vendeur de voitures d'occasion et en se disant : « Le neveu, je parie ! »

« Monsieur Pauzac n'est pas là ? » demanda-t-il.

Gérard secoua la tête sans répondre.

Lapierre songea à se présenter, puis préféra garder le silence.

« Vous savez quand il reviendra ?

– Aucune idée. »

Puis après une hésitation : « Qui le demande ?

– Je suis juste un ami, je passais dans le coin, j'ai pensé à m'arrêter. Je repasserai. »

Gérard trouvait ça bizarre, le vieux n'avait pas d'amis comme ça.

Lapierre repartit à reculons et au moment où il remonta dans sa voiture, il remarqua que la fenêtre était cassée et Karine qui sortait par la fenêtre en se servant d'un tabouret et qui appelait : « Gérard ? » Elle s'immobilisa au bas de son tabouret quand elle se rendit compte qu'ils avaient un visiteur.

Gérard vit à son regard que Lapierre l'avait remarquée. Ils restaient tournés l'un vers l'autre. Karine le regardait, elle aussi. Il essaya de sourire, beaucoup plus difficilement cette fois. Puis il s'assit au volant, tourna la clef de contact. Et fit marche arrière en s'efforçant de ne pas croiser encore une fois les regards de ce type et de cette fille qu'il n'avait pas bien pu détailler.

*

James aurait bien aimé s'arrêter dans un restaurant, mais il n'avait personne avec qui partager ce moment. Il avait hâte d'écouter ses disques. Puis tout à coup, il eut un peu honte d'avoir dépensé comme ça l'argent de Gilbert. Il décida qu'il monterait la sono dans la chambre à coucher. Pour que Gilbert ne la voie pas quand il viendrait lui rendre visite. Même s'il ne venait pas souvent. C'était dommage. Parce que comme tous les Anglais, James aimait avoir de la musique dans la cuisine.

Il arrêta la voiture devant sa porte pour ne pas avoir à porter trop loin les boîtes contenant la sono. Ouvrit le coffre, prit une des boîtes et entendit à ce moment-là derrière lui Gilbert qui disait : « Vous avez fait des achats ? »

Ce n'était pas vraiment un ton de reproche. Mais James se retourna très lentement, le sourire crispé.

Gilbert désigna la boîte d'un hochement de tête et répéta : « Vous avez fait des achats ? »

James répondit « oui » comme s'il avouait une faute.

« Vous voulez que je vous aide à décharger ? demanda Gilbert.

– Non, c'est gentil, ça ira.

– C'est rien, tenez. »

Gilbert prit la boîte qui contenait la deuxième enceinte et suivit James à l'intérieur. Il n'avait jamais vu une cuisine aussi bordélique. Il ne savait même plus quoi en penser. Il n'était entré là que deux ou trois fois précédemment, c'était toujours James qui venait lui rendre visite.

Il y avait des factures impayées empilées sur un buffet, une lampe juste à côté qui aurait été plus à sa place dans un salon ou une chambre à coucher. Une bassine en plastique dans l'évier, à l'anglaise, Dieu sait pourquoi. Et tout un tas de grosses tasses avec parfois un fond de thé au lait, qui attendaient d'être lavées. Il y avait une machine pour écouter des CD, pas tous rangés dans leur boîte d'ailleurs et des tableaux. (Gilbert appelait ça des cadres.) Des tableaux dans la cuisine… N'importe quoi. Et des tas de bouteilles de rouge vides. Du bergerac. Ici et là même, un bidon en plastique. Sûrement vide lui aussi.

« Asseyez-vous, dit James en débarrassant un coin de table, plutôt mal à l'aise. Vous voulez boire quelque chose ? »

Il se demandait si Gilbert verrait la bouteille de whisky qu'il venait de s'acheter et qui avait coûté une fortune.

« Non merci, je passe en vitesse. Je voulais juste vous apporter ça. »

Et il lui tendit une nouvelle liasse. « J'ai pu me débrouiller pour en avoir mille cette fois. Je comprends pas pourquoi. »

Et il repartit très vite.

*

Le soir tomba et l'oncle Michel n'était toujours pas rentré.

« Tu trouves pas ça bizarre ? demanda Karine.

– Si. »

Il avait l'air songeur. Mais il ne voulait visiblement pas parler.

« C'était qui ce type ?

– Je t'ai déjà dit que je savais pas, t'es bouchée ou quoi ?

– Mais qu'est-ce qu'il t'a dit ?

– Qu'il était un ami du vieux. J'y crois pas.

– Pourquoi ?

– Sa dégaine. Et le vieux n'a pas d'amis.

– Mais et le voisin ?

– Le voisin c'est un voisin. »

Il y avait un temps où elle avait bien aimé sa brusquerie, elle y avait trouvé quelque chose de viril, le signe de son indépendance, la preuve que c'était quelqu'un qui ne se pliait pas aux conventions. Elle poussa un soupir.

*

James non plus ne comprenait plus rien. Il regardait les billets de deux cents euros en se disant que c'était bien mince, mille euros. Pas épais du tout. Pas comme dans les films de gangsters où on transporte des billets dans des sacs de sport. James avait l'impression de rêver, encore une fois. Qu'est-ce que foutait tout ce fric sur cette table ? Et ce type-là qu'il connaissait à peine finalement. Il commençait à avoir peur. Est-ce qu'on allait l'accuser d'avoir volé cet argent ?

Gilbert lui avait encore expliqué que comme c'était en liquide, il ne pouvait pas tout verser d'un coup. Il ne demandait rien, il ne posait pas de questions. Il venait et il alignait les billets sur la table en disant : « Vous me rembourserez plus tard. » Il aurait bien aimé qu'Ann soit là pour lui en parler. Qu'est-ce qu'elle aurait fait ? Elle aurait pris l'argent, elle qui était allée en demander à Harold et qui était partie en Grèce avec lui sans rien dire ? Il ne pouvait pas vraiment non plus demander à Gilbert d'où venait l'argent. Ses économies sans doute. Il en avait entendu assez sur les paysans français pour savoir qu'ils accumulaient des sous depuis la fin de la guerre de Cent Ans. Qu'ils ne dépensaient rien. Mais justement, pourquoi est-ce que tout à coup, ce type lui apportait des grosses sommes quotidiennement ? Est-ce qu'il avait pitié de lui parce que sa femme était partie ?

Il était juste en train de se poser cette question quand il entendit une voix qui criait en anglais à l'extérieur : « Il y a quelqu'un ? James, qu'est-ce que tu fous vieux con ? »

Merde, John et Alice. Il empocha les billets le plus vite possible et se dirigea vers la porte avec un sourire qui essayait de ne pas dire, mais sans y arriver : « Vous me faites chier. »

*

Gilbert n'y tenait plus. Il savait que c'était une erreur, mais il voulait y retourner encore une fois. Aller voir. C'était évident qu'ils seraient encore là, mais elle était venue demander des œufs, peut-être qu'elle avait faim après tout, qu'ils finiraient par partir parce qu'ils n'avaient plus d'argent. Même pas de quoi faire les courses.

Ou alors, ils allaient alerter la police, les gendarmes. Leur dire que leur vieux tonton avait disparu. En même temps, à le regarder, Gilbert se doutait bien que Gérard n'était pas vraiment du genre à s'adresser aux flics. Avec cette coupe de cheveux. Et ce débardeur. Elle non plus d'ailleurs. Peut-être qu'ils avaient décidé après tout d'aller braquer une épicerie un peu plus loin. Même si les épiceries de village se faisaient de plus en plus rares avec la concurrence des supermarchés. Puis, Gilbert se rappela que ce n'était pas son problème, la faillite des commerces de proximité. Il sentait confusément qu'il n'arrivait plus à penser de façon cohérente, son esprit partait dans tous les sens. Il se demanda si c'était parce qu'il vieillissait. Surtout, c'était à cause de la situation dans laquelle il s'était mis tout seul. Il aurait pu se donner des claques et même des coups de pied.

Il regarda sa montre, il était huit heures. L'heure où on décide de partir en général quand on n'a plus rien à faire quelque part. Il ferait bientôt nuit. D'un autre côté, il s'imaginait mal Gérard craignant de conduire dans l'obscurité. Il s'imaginait mal Gérard craignant quoi que ce soit d'ailleurs. À part les gendarmes comme il se l'était déjà dit quelques minutes auparavant. Peut-être autre chose encore finalement, comme les araignées ou les serpents. C'était insupportable. Est-ce qu'il valait mieux attendre la nuit noire pour aller voir s'ils n'étaient pas partis ? Il ne faudrait pas que le chien aboie ou que cette petite frappe soit sur le pas de la porte à fumer sa drogue ou je ne sais quoi.

La nuit tomba plus lentement que d'habitude. Il n'attendit plus. Gilbert sortit et se dirigea vers la maison de Michel. C'était drôle quand même, il n'y était jamais allé aussi souvent. Même quand ils étaient deux voisins, deux amis, deux vieux garçons à vrai dire, en mal de compagnie.

Gilbert sortit de chez lui. S'ils étaient devant la maison, il ne pourrait pas s'en approcher sans qu'ils le voient. Gilbert se demandait si finalement ce ne serait pas une idée de dire qu'il s'inquiétait pour Michel et que c'était le moment de prévenir les gendarmes. Tiens ! Ça, ça leur donnerait peut-être l'idée de foutre le camp. Mais et s'ils disaient oui ? Appelons les gendarmes, il faut lancer des recherches. Là, c'était foutu.

*

John avait vendu une toile, il avait insisté pour inviter James au restaurant. Ils avaient appris par Suzie qu'Ann était partie en Grèce avec Harold et ils désiraient en savoir plus. La meilleure façon de satisfaire leur curiosité était de faire preuve de générosité et de commisération. Pour ne pas essuyer un refus, il fallait passer à l'improviste. Et c'était fait. Il ne pouvait plus se défiler. Il accepta donc une invitation dans un restaurant à Brantôme.

Le repas se passa très mal. John l'encourageait à boire et Alice posait les questions. John en rajoutait sur la connerie de Harold avec une joie sauvage. Parce qu'il savait que chaque témoignage de sympathie était un coup de couteau supplémentaire dans le ventre de James. Ils lui racontèrent la soirée chez Suzie au cours de laquelle ils avaient appris « la nouvelle ». James essaya de les convaincre qu'il était d'accord pour qu'Ann parte avec Harold, qu'ils en avaient parlé ensemble, et que c'était pour les enfants, puis il songea que c'était une erreur. Il aurait aimé parler de n'importe quoi plutôt que de ça, il essayait d'émettre des jugements sur la bouffe qu'il avait dans son assiette et pour laquelle il n'avait aucun appétit. Il était pressé de partir, refusa un dessert. Alice prit un dessert, John un café, malgré sa tension un peu haute et même un cognac qu'il savoura lentement. Si lentement que James conclut qu'il n'y avait qu'une seule solution pour améliorer la situation : être un peu plus saoul. Il commanda un double armagnac.

Ils étaient presque les derniers dans le restaurant, il ne restait un peu plus loin qu'un couple amoureux, à moins que ce ne fût une secrétaire et son patron. Ils commandèrent l'addition. Et James sortit et ouvrit son portefeuille. John protesta qu'il était leur invité. Et c'est à ce moment-là qu'il vit dans le portefeuille les billets de cinq cents euros que James avait oublié d'enlever. Emma suivit son regard et ils restèrent tous deux hébétés. John la bouclait enfin, il avait cessé de protester, mais un peu tard, et il dut sortir à son tour son portefeuille beaucoup moins bien garni, tandis que James remettait le sien dans sa poche. John et Alice ne trouvaient plus leurs mots. Il se réfugia dans le cérémonial de l'addition et de la carte de crédit, sans plus rien dire. Et James qui dans un premier temps s'en était voulu de ne pas avoir sorti ses billets de son portefeuille savourait ce moment comme il n'avait pas pu savourer le magret, ni le foie gras.

Sur le chemin du retour, tandis qu'Alice conduisait parce que John avait un peu trop bu, James ne put se départir de son sourire en repensant aux visages de ses deux amis assis à l'avant de la voiture. Ses billets de banque l'avaient vengé de Harold, de John, d'Alice et même d'Ann.

*

Entre chien et loup. C'était une expression de sa mère. Il ne faisait pas encore complètement nuit et Gilbert avançait prudemment vers la maison de Michel. Ils étaient encore là. La voiture en tout cas n'avait pas bougé. Il s'arrêta, se demanda s'il fallait rebrousser chemin. Quand il entendit cette voix derrière lui qui disait : « Bonsoir. Qu'est-ce que vous voulez ? » Il se retourna, c'était Gérard.

Il hésita un très bref instant puis déclara : « Je venais voir si Michel est rentré. Je m'inquiète un peu pour lui.

– À cette heure-ci ?

– Comment ça ?

– Vous venez le voir à cette heure-ci ? »

Gilbert haussa les épaules, consulta sa montre : « Ah oui, c'est qu'il est déjà après huit heures », fit-il comme s'il ne le savait pas.

Il trépigna sur place, Gérard ne disait rien et Gilbert ne savait pas ce qu'il fallait dire. Il se contenta donc de demander : « Alors, il est rentré ?

– Non. »

Gérard le regardait d'un air perplexe, comme s'il hésitait à lui poser une question, comme s'il se doutait qu'il y avait dans l'attitude de Gilbert quelque chose de bizarre.

« Qu'est-ce que vous vouliez lui demander l'autre jour ?

– Pardon ?

– L'autre jour. Quand vous êtes venu ?

– Oui.

– Qu'est-ce que vous vouliez demander à mon oncle ? »

Gilbert le regarda droit dans les yeux sans répondre. Tout à coup il éprouvait de la haine. Et curieusement, cette haine prenait le pas sur la peur.

« Je ne sais pas, dit-il lentement, d'une voix étonnamment calme, ça devait être sans importance. »

Gérard hocha la tête, l'air de dire : je n'en crois pas un mot.

Gilbert se demanda : et si on tentait le coup ? Puis il dit à haute voix : « C'est pas souvent qu'il s'absente comme ça sans rien dire. Faudrait peut-être prévenir les gendarmes. »

Et ce fut comme un miracle. Cette fois, c'était lui qui avait fait peur à Gérard qui répondit : « C'est pas forcément une bonne idée. On va attendre encore un peu. »

Puis il tourna les talons et retourna chez son oncle où, après tout, il était entré par effraction.

*

Quand James se réveilla, après ce qui fut finalement une bonne nuit, malgré un léger mal de tête, mais ça c'était devenu quasiment habituel, il trouva à sa porte Gilbert qui lui tendit encore deux mille euros.

Il était dix heures. James n'y comprenait plus rien, et il en fit part à Gilbert qui se contenta de lui donner une tape sur l'épaule et lui dit : « Ne vous inquiétez pas, je sais que vous avez des ennuis d'argent, entre voisins il faut qu'on s'aide. » Puis après un moment, alors que James était encore occupé à se passer la main dans les cheveux, comme s'il allait trouver une explication parmi ses mèches, Gilbert ajouta : « Vous aussi vous m'aideriez, si j'en avais besoin. Entre voisins...

– Écoutez, je...

– La seule chose, je préfère que ça reste en liquide, hein ? Faut pas le déposer à la banque. Parce que c'est euh... des économies de mes parents qu'ils n'ont jamais déclarées. »

James ne se demanda pas pourquoi les vieux parents de Gilbert auraient eu des économies en euros. Et une liasse de billets de cinquante euros a le don de brouiller la vue quand on n'a pas l'habitude de l'argent.

James répéta simplement : « Écoutez... » mais ne trouva rien d'autre à faire écouter à Gilbert. Il haussa les sourcils et finalement, demanda : « Vous voulez un café ? »

Gilbert accepta. Entre voisins...

*

Gérard entendit une voiture à l'extérieur, il se leva, et accompagné par le chien descendit voir de quoi il s'agissait. Il reconnut la voiture jaune du facteur. Il resta caché derrière le rideau. Puis quand le facteur repartit, il descendit et remarqua pour la première fois que la boîte aux lettres était toute neuve.

Il entendit Karine derrière lui qui criait : « J'ai faim ! » Puis comme il ne répondait pas, elle ajouta : « On a bouffé tous les œufs et j'en ai marre des œufs. » Il souleva le volet pour jeter un coup d'œil à l'intérieur de la boîte aux lettres. Il y avait les habituels prospectus et une lettre, dans une enveloppe rectangulaire. Il essaya de glisser les doigts à l'intérieur même s'il était évident qu'il n'arriverait pas à attraper le courrier. Et Karine derrière lui qui disait : « Tu m'as entendue ou quoi ? J'ai faim ! »

Elle se demandait comment il arrivait à rester des journées entières sans manger et sans se plaindre tant qu'il avait ses cigarettes et ses joints. Et de l'alcool aussi. Il pouvait facilement remplacer un repas par une cuite. Et la veille il avait trouvé la réserve de gnôle du vieux.

« Ta gueule ! T'as qu'à ouvrir les conserves du vieux et te faire cuire de la viande dans le congélo. »

Karine trouvait les conserves faites maison « du vieux » dégueulasses. Elle avait essayé les haricots verts et ça lui avait donné envie d'un McDonald's. Michel gardait ses pâtés dans un placard fermé à clef et la clef était dans sa poche, dans le congélateur.

Gérard tira deux trois fois sur la porte de la boîte aux lettres. Il aurait bien aimé savoir ce qu'il y avait dans cette lettre. Pendant que Karine se résignait à faire chauffer encore un bocal de haricots verts, Gérard se dirigea vers la remise pour trouver un outil et forcer la serrure de la boîte aux lettres.

Il vit Karine qui s'éloignait sur le chemin et lui gueula : « Qu'est-ce que tu fous ? » Elle ne répondit pas tout de suite, alors il répéta : « Qu'est-ce que tu fous ?

– Je retourne chez le vieux lui demander des œufs.

– T'es vraiment conne. »

Gérard n'arriva pas à forcer la serrure, il s'acharna sur la boîte, l'arracha du mur, dans un premier temps, et arracha la porte dans un deuxième temps. Il jeta le prospectus par terre et regarda l'enveloppe. Elle venait de la Caisse d'épargne.

*

« Je suis désolée de vous déranger encore une fois. On a mangé tous les œufs. Je me demandais… » Gilbert trouva qu'elle avait du culot. Mais il n'avait pas d'autre choix que d'être aimable. James était assis à la table, et buvait du pineau à contrecœur. Sinon c'était du café avec la gnôle dedans. Il s'était fait prendre plus d'une fois. À en avoir demandé pour éviter l'alcool. Il ne savait pas…

Il leva la tête vers Karine et la salua en souriant. Elle lui faisait la même impression que la première fois. Vulnérable. Il se demanda si elle le trouvait vieux. Elle lui avait souri aimablement, elle aussi, quand elle avait croisé son regard. En même temps, elle venait pour qu'on lui offre des œufs, elle ne pouvait pas trop faire autrement.

« C'est bizarre que l'oncle de Gérard ne soit pas là, dit-elle, pendant que Gilbert se penchait dans son réfrigérateur pour attraper des œufs. Ça fait deux nuits qu'on est là. Vous saviez qu'il allait partir ? demanda-t-elle à Michel.

– Non, il ne m'a rien dit.

– Il aurait laissé le chien tout seul, comme ça ? Sans personne pour lui donner à manger ? »

De quoi elle se mêle, songea Gilbert. Et il haussa les épaules.

« Vous vous connaissez depuis longtemps ? demanda Karine.

– Oh, depuis toujours, répliqua Gilbert avec un sourire affable, un peu mou. Depuis qu'on est hauts comme ça. » Il mit sa main à hauteur de ses genoux pour qu'elle comprenne.

Il venait d'ailleurs de se rendre compte au moment où il prononçait ces mots que c'était une erreur, il aurait mieux valu dire que c'était un ours qui ne parlait à personne. En même temps devant James ça aurait été difficile, il n'aurait pas vraiment compris pourquoi.

« Ça ne vous inquiète pas ?

– Forcément un peu. »

Merde à la fin qu'est-ce qu'il pouvait bien lui dire ? Et c'est à ce moment que James vint mettre son grain de sel. « C'est vrai que c'est inquiétant, dit-il. J'avais pas pensé au chien.

– Il avait pas l'air vraiment affamé non plus, dit-elle, quand on est arrivés et qu'on l'a trouvé. Gérard lui a donné de la pâtée. Il adore les chiens. » Elle avait dit ça avec une sorte de soupir ironique.

Et Gilbert suggéra : « Peut-être que quelqu'un est venu nourrir le chien en l'absence de Michel.

– Qui ?

– Est-ce que je sais, moi ? Peut-être une euh... une cousine, ou quelqu'un du village que Michel connaîtrait.

– Peut-être », fit James d'un air songeur.

Il avait envie de prolonger la conversation, il ne savait pas trop comment. Gilbert voulait l'abréger et même un sujet qui le passionnait comme le temps qu'il fait, et en plus il faisait beau, n'aurait pas suffi à retenir son attention. Alors James demanda : « Vous êtes ici en vacances ? »

Elle avait tellement peu l'air d'une vacancière qu'elle ne put s'empêcher de sourire.

« En vacances ? Non, pas vraiment. »

Puis elle ajouta en riant : « C'est vrai qu'on ne fait pas grand-chose.

– Nous non plus, ajouta James en riant aussi. Et pourtant on vit ici. »

Ils continuèrent à échanger quelques plaisanteries sur le thème de « on passe notre vie à rien foutre ». Et Gilbert, qui avait quand même le sens du travail et de l'effort était à la fois exaspéré et ulcéré. Puis quand James proposa à Karine, asseyez-vous, Gilbert faillit devenir tout rouge. Il invitait cette bonne femme, chez lui ! Gilbert ! Sans demander la permission. Gilbert avait le sentiment que le monde devenait fou. Il regretta vaguement le temps où Michel était encore en vie et quand il allait chez lui ou quand Michel lui rendait visite. Chacun connaissait sa place. Puis Gilbert songea que c'était une drôle d'expression qui lui avait traversé la tête quand on songeait à où se trouvait Michel maintenant.

« Et qu'est-ce que vous faites dans la vie ? » demanda James quand Karine accepta de se joindre à eux en songeant que ça la changerait de Gérard. Elle le trouvait exotique avec son petit accent marrant. Sa mèche de cheveux sur le front et le haut du crâne un peu dégarni. Il était un peu joufflu aussi, un peu rose. Tout le contraire de Gérard. Il était pas beau, c'est vrai, mais il avait quand même de beaux yeux et un sourire euh... sympa, ou marrant, ou... elle ne trouvait pas trop ses mots.

« J'ai fait des études d'art plastique », répondit-elle, alors que la question qu'il se posait vraiment était : « Je me demande bien quel âge elle peut avoir. »

Puis il ajouta : « Vous êtes artiste ? »

Elle rit encore une fois. Elle accepta finalement un verre du pineau de Gilbert que lui offrit James qui se resservit aussi. Gilbert était accablé.

« Il faut quand même que j'y aille, dit-elle au bout d'une vingtaine de minutes. Gérard m'attend. »

Et à cette pensée, James éprouva une pointe de mélancolie. Quand elle fut partie, il se tourna vers Gilbert en commentant : « Elle est gentille, non ? »

Gilbert se contenta de se lever, haussa les épaules, débarrassa les verres et la bouteille de pineau en maugréant.

Quand James arriva chez lui, il mit sur la platine un vinyle qui lui rappela sa jeunesse.

*

C'était un relevé de compte. Le relevé du compte courant. On n'y voyait que des dépôts. Pas beaucoup de mouvement. Et depuis quelques jours, quatre ou cinq jours, une vraie tempête. Ça fuyait de tous les côtés. On aurait dit que le compte saignait. Des mille et des cents.

Le vieux avait disparu et son fric partait en fumée. L'esprit criminel de Gérard comprit immédiatement que la conjonction de ces deux bonnes nouvelles signifiait une situation anormale.

Il n'arrivait pas à voir toutefois, sur ces relevés de compte, où le fric avait été dépensé. En tout cas, c'était un tir groupé. Le relevé datait de l'avant-veille et il y avait déjà eu une large somme en liquide retirée. Puis Gérard se rappela ce mec qui était venu en voiture avec sa chemise à manches courtes jaune et sa cravate. Il avait tout l'air d'un assureur. Ou d'un banquier, à bien y réfléchir.

Il alla chercher une bouteille de gnôle du vieux pour mieux réfléchir. Il était une heure de l'après-midi et il faisait chaud. Il décida de se faire à manger, alla vers le congélateur dans la cave, s'arrêta devant celui qui était tout neuf et se demanda ce qu'il foutait là. Il essaya de l'ouvrir. Impossible. S'il était vide pourquoi fermer à clef ? Il était tenté de le casser. Gérard n'était pas du genre délicat, ni particulièrement économe. Il avait même fait des cambriolages. Mais il hésitait à casser un congélateur tout neuf. Et imagine que le vieux revienne. Il avait déjà cassé une de ses fenêtres et sa boîte aux lettres, il se demandait si tonton, le vieux péquenaud ne serait pas capable d'appeler les flics. Déjà qu'il n'avait même pas répondu à sa lettre quand il lui avait annoncé son arrivée. Et en plus Gérard commençait à s'ennuyer. Il alla ouvrir le deuxième congélateur et se mit à farfouiller dans les bouts de viande congelée en espérant trouver une entrecôte. Tu parles, il n'y avait que des rôtis de porc là-dedans.

Il but encore un verre pendant que la viande décongelait au soleil. Puis il coupa le gras qu'il donna au chien. Il but un troisième verre en songeant « Putain c'est fort. » Il avait déjà la tête qui tournait quand il vit Karine qui arrivait au bout du chemin avec des œufs dans un sac en plastique. Il trouva qu'elle avait l'air conne. Il avait envie de lui dire : « Tu sais que t'as l'air conne ? » Mais le chien lui mordit le bas du pantalon pour l'inciter à jouer et il lui donna un coup de pied. Le chien glapit et Gérard en ressentit immédiatement du remords. Et lui donna un autre bout de gras.

Karine lui demanda : « Pourquoi t'as fait ça ? Pourquoi t'as frappé le chien ? »

Et elle sentit immédiatement une vive chaleur sur la joue. Il venait de lui donner une claque.

Elle laissa tomber les sacs en plastique par terre et les œufs se cassèrent.

« T'as qu'à les bouffer quand même », dit-il, en riant de sa plaisanterie. Puis il se mit à penser à Gilbert.

*

Et Gilbert pensait à lui. Il avait pensé à lui toute la journée. Et à James qui avait fait les yeux doux à cette espèce de clocharde. Et tous ces gens qui restaient là. Il n'avait plus qu'une seule envie, sortir Michel de son congélo tout neuf, le dégeler, et appeler les flics. Après tout, comment pourrait-on prouver que c'était lui qui avait dépensé le fric ? Le mieux ce serait même qu'on soupçonne Gérard. Ce serait une idée, ça. D'ailleurs il était malhonnête. Il sortait de prison. Le problème c'était d'accéder au congélo et de laisser dégeler Michel. Ça mettrait combien de temps à dégeler un macchabée ? Ou alors, il allait voir les gendarmes directement. Non, ça c'était pas possible. Et s'il disait que c'était James qui avait dépensé le fric ? Après tout, avec toutes les sommes qu'il lui avait apportées c'était pas impossible. Fallait aussi considérer ça. Gilbert sentait la fin proche. Il fallait bien que cette situation se débloque. Mais à partir de ce moment-là, il n'aurait plus accès aux comptes de Michel. Il décida qu'il irait une dernière fois se faire plaisir. Tout seul. Et qu'il tirerait une belle somme une dernière fois. Une poire pour la soif en quelque sorte. Qu'il mettrait de côté, cette fois.

Il retourna à l'Hôtel de France. Meilleur rapport qualité prix. Il but. Et du pécharmant, parce qu'il n'était pas sûr de pouvoir s'en offrir avant un moment. Et il mangea. Pour le dessert, il dut même se forcer un peu mais parvint à se convaincre que ça valait le coup pour la même raison qui l'avait poussé dans son choix du vin.

C'était bon, bien sûr, mais le repas n'avait pas le même goût que la première fois. Il faisait encore jour, dehors. Il se demanda s'il risquait de rencontrer les gendarmes. Un jour de semaine ? À cette heure-ci. Il aurait dû attendre. Ne pas venir s'attabler à sept heures. Il n'avait pas envie de rentrer chez lui, de s'allonger sur le lit de sa chambre à coucher et de devoir tirer les rideaux pour ne pas laisser entrer la lumière à travers les persiennes toujours fermées qui gardaient le frais. Il se sentit pris de mélancolie à l'idée de cette image de lui-même. Il aurait dû retourner à Marsac ou à Boulazac ou à Trélissac et se gâter encore une fois, se faire tout un tas de cadeaux. Ce soir-là, il redoutait le regard du vieux pêcheur dans sa bulle qui l'accueillerait depuis la cheminée avec un sourire qui signifierait peut-être cette fois : « Alors, tu te croyais malin ? Je t'avais prévenu ! » Ou alors : « Mon pauvre Gilbert, t'es foutu. »

Il commanda une poire Williams. Chez lui, il y avait de la gnôle et de la prune. Jamais de poire. C'était bon la poire, pourtant. C'était le meilleur même. Il ne s'en achetait jamais. Il en commanda une deuxième.

La serveuse vint le servir et lui demanda : « Vous êtes sûr que ça va aller, monsieur Bost ? »

Il fut touché par cette sollicitude tout à coup et un peu honteux parce que si on lui demandait ça, c'était évident qu'il avait trop bu.

« Oui, oui, merci.

– Comment vous allez rentrer ?

– Vous inquiétez pas, la voiture connaît le chemin. »

Toujours la même plaisanterie. Elle retourna en cuisine, qu'est-ce qu'elle pouvait y faire ?

Gilbert paya, se leva, sortit d'un pas incertain. En jetant des regards de gauche à droite pour vérifier qu'on ne le regardait pas. Il était tenté de s'appuyer du bout des doigts sur les tables le long de l'allée, mais il n'osait pas. L'air frais lui fit du bien. Du moins, ce fut ce qu'il pensa. Parce que l'air n'était pas si frais que ça. Il ne voulait pas rentrer immédiatement, il se dirigea vers le pont au bout de la rue, il s'y accouda quelques instants et regarda les maigres filets d'eau qui coulaient vers Brantôme. Puis il alla s'asseoir au bord du lavoir. Il attendit. Un moment de calme, puis des jeunes vinrent faire du bruit avec leurs motos, leurs scooters, ils fumaient des cigarettes, sans doute en cachette de leurs parents. Et ils fumaient Dieu sait quoi, surtout, ça puait. De la drogue… songea Gilbert. À Saint-Pardoux ! On n'est à l'abri de rien. Il y avait un temps ça ne se passait qu'à New York ou Lyon ou Marseille, ces choses-là. Il repensa à Gérard et à son espèce de traînée, là. Il se leva pour partir tandis que d'autres jeunes arrivaient, qui devaient se demander ce qu'il foutait là. On est toujours emmerdé par plus jeune que soi, songea Gilbert.

Dans les hameaux, on ne ferme pas la porte à clef en partant. Quand il arriva devant chez lui, il gara sa voiture avec soulagement et vit Gérard qui sortait de la maison. Comme si de rien n'était.

*

Après son coup de pied au chien, Gérard avait été rongé de culpabilité, il avait dit à Karine que c'était de sa faute, elle l'avait énervé et que c'était pour ça qu'il l'avait frappée mais qu'elle n'allait pas faire chier pour une pichenette. Puis comme il avait bu, il essaya d'être tendre. Sans succès. Il alla dormir sur le lit du vieux avec le chien qui lui avait pardonné et quand il se réveilla, il se mit à réfléchir à nouveau à tout ce qu'il avait vu sur les relevés de compte.

Il revit tous ces gens qui se succédaient devant la maison, surtout le banquier et le voisin, d'ailleurs. Le facteur c'était normal. Ce qui l'était moins, c'était cette boîte aux lettres. Toute neuve. Il se demanda si quelqu'un n'avait pas remplacé l'ancienne. Pour quoi faire ? Pour piquer le courrier du vieux ?

Il décida que le soir, il irait à son tour chez le voisin. Voir ce qui se passe. Il n'aurait pas su mettre des mots sur ce qu'il ressentait. De toutes manières c'était là un exercice qu'il n'avait jamais réussi. Mais il sentait que ça tournait pas rond, quoi.

« Où tu vas ? » demanda Karine quand il s'éloigna. Il ne répondit pas et elle songea qu'elle s'en foutait. Elle regarda la voiture avec les clefs sur le contact. Elle se vit un instant en train de démarrer et de partir elle aussi, sans dire où elle allait et laisser ce salaud se démerder tout seul.

La voiture de Gilbert n'était pas là. C'était étonnant, les vieux étaient toujours chez eux à cette heure-ci, à se préparer leur bouffe dégueulasse, devant un jeu télé. Tout seuls.

Gérard frappa à la porte. Par habitude ou par prudence. Il entra. Cria : « Y a quelqu'un ? » au cas où il y aurait effectivement quelqu'un. Il avait trouvé une excuse pour être là. L'autre conne avait cassé les œufs. C'était vrai en plus.

Il alluma la lumière. Ça ressemblait à l'intérieur de son oncle. On aurait pu être chez deux frères. Celui-ci aurait été le plus jeune. Moins austère. Moins ordonné aussi. Peut-être. C'est à ce moment-là que Gérard remarqua la radio toute neuve sur le buffet. Une radio qui n'allait pas avec le reste. Pour ça il aurait fallu qu'il y ait de la graisse de canard cuite sur les boutons. Il s'approcha de la cheminée et vit le souvenir de Vieux-Boucau, le pêcheur qui réparait son filet. Il se le rappelait de quand il était gosse. Ça le faisait rêver à l'époque parce qu'il n'était encore jamais allé à la mer. Ça lui rappela aussi du même coup que son oncle ne l'aimait pas, qu'il le trouvait mal élevé. Un apprenti voyou. Il n'avait d'ailleurs pas tort. Mais qu'est-ce que ça foutait là ? C'était quand même peu probable que tonton ait offert un truc pareil à son voisin. Ou qu'ils soient tous les deux allés à Vieux-Boucau pour rapporter le même souvenir. Encore que… Dans des hameaux comme ça, les voisins s'épient et s'imitent. Mais à ce point-là…

Puis il se trouva au bas de l'escalier. Et qui peut résister à la tentation d'aller voir à l'étage dans une maison déserte ? À l'étage. C'est toujours là que dorment les secrets. La peur lui tordit le ventre. C'était comme un réflexe. Comme pendant les cambriolages quand tout à coup, il était pris par l'envie de chier. Comme Dédé, son complice, qui s'emmerdait pas et chiait carrément au milieu de la chambre à coucher des gens qu'ils cambriolaient. Sacré Dédé. Une fois pour se marrer il l'avait fait sur le lit. Pas très professionnel. On s'était marré quand même. Mais là... Qu'est-ce qu'il avait à craindre ? Le vieux n'était pas là. Au pire, il le trouverait dans son lit et alors ? Il lui mettrait deux claques ? En même temps, il n'avait pas envie de se retrouver encore une fois en cabane, le vieux salaud irait se plaindre à la gendarmerie. Et ça ferait de lui un multirécidiviste. Quel vilain mot.

Il mit le pied sur la première marche, qui craqua comme dans les mauvais films. Il leva la tête vers le haut. Toujours comme dans les mauvais films. Il monta très lentement, une main sur la rampe. Il alluma la lumière dans le couloir. Il arriva à la porte de la chambre, l'ouvrit et là, fut plus choqué encore par le spectacle qui s'offrit à lui que s'il avait découvert un cadavre à moitié décomposé. Il était face à une gigantesque télévision. Écran plat. Flambant neuf.

*

Gilbert l'avait vu. Mais Gérard, lui, était si troublé qu'il ne l'avait pas vu. Et Gilbert distingua cette silhouette, plutôt maigre, ce type plutôt sec avec sa coupe de cheveux ahurissante qui sortait de chez lui. C'était quand il avait vu de la lumière à l'étage par la petite fenêtre au bout du couloir. Et s'il y avait une chose que Gilbert n'oubliait jamais c'était d'éteindre la lumière. Si par un concours de circonstances incroyable, ça lui était arrivé, il aurait entendu la voix de sa mère sortir de la tombe pour lui crier : « La lumière ! »

Alors il avait arrêté la voiture avant d'arriver devant la maison et éteint les phares.

Et maintenant, il voyait là Gérard qui sortait de chez lui.

Il attendit que Gérard se soit éloigné, qu'il ait complètement disparu dans l'obscurité pour retourner chez lui d'un pas lent. Dix bonnes minutes avant d'ouvrir la portière en faisant un minimum de bruit.

Il avança, comme un voleur. Pour rentrer chez lui. Ça ne manquait pas d'ironie. Comme si lui, Gilbert, n'avait rien à faire là. Comme s'il ne devait pas être vu par Gérard. Non mais franchement, en arriver là. Quand il entra il se promit que la prochaine fois il fermerait la porte à clef. Mais est-ce que ça ne paraîtrait pas bizarre aussi de fermer la porte à clef dans un hameau où personne n'avait jamais fait ça ? Il essaya de se convaincre qu'il percevait encore la présence de Gérard, l'odeur de sa sueur. Et à force d'essayer il y parvint. Il se découvrit un sixième sens qu'il venait d'imaginer. Gérard était monté à l'étage puisque Gilbert avait vu la lumière. Et Gérard avait donc tout vu.

Est-ce qu'il était venu pour voler ? Gilbert espérait que oui mais était sûr que non. Il était « venu voir ». Et venu voir quoi ? Tout ce qui pouvait paraître louche. Et chez lui, Gilbert, il n'y avait plus rien que ça. Du louche. Du malhonnête, du pas propre.

Il aurait presque voulu mettre le feu à la baraque. Nettoyer, effacer tout ça et recommencer. Comme si Michel n'avait jamais existé.

Il était sûr d'une chose maintenant. Gérard ne partirait plus. Et il était sûr d'une deuxième chose, Michel ne reviendrait jamais.

Il lui fallait de l'aide. Il était temps de dire à James d'où venait son argent. Ce grand couillon n'aurait plus trop le choix. Gilbert décida qu'il lui donnerait encore une grosse somme le lendemain. Puis le surlendemain ou un peu plus tard dans la soirée de demain, s'il avait fait de grosses emplettes qu'il ne pourrait pas rembourser et rapporter au magasin, il viendrait lui expliquer d'où venait son argent et qu'à partir de maintenant, il n'y en aurait plus et qu'il faudrait faire quelque chose pour se débarrasser de Gérard et de sa pouffiasse. Il ne savait pas quoi, exactement, mais il fallait faire quelque chose.

*

Karine dormait sur la banquette arrière de la voiture. Il alla la secouer, elle se réveilla péniblement et il lui dit : « Tu sais quoi ? Le vieux s'est acheté une télé.

– Quoi ?

– Le vieux s'est acheté une télé. »

Elle plissait les yeux, avec le visage de quelqu'un qui dort encore et qui ne souhaite pas se réveiller.

« Qu'est-ce que tu racontes ?

– Mais t'es conne ou quoi, va falloir te le dire combien de fois. Le vieux, le voisin, le type qui nous donne des œufs ?

– Oui ?

– Il s'est acheté une nouvelle télé ! »

Elle le regarda comme s'il était devenu fou.

« Et tu me réveilles pour me dire ça ?

– Tu comprends pas ?

– Qu'est-ce qu'il y a à comprendre ? »

Elle commençait à ne plus avoir peur de laisser entendre son agacement.

« Il a acheté une télé énorme. Un truc de luxe, un truc de fou. Et il l'a mise dans sa chambre. Sa chambre à coucher. Ces mecs-là ne font pas des trucs comme ça.

– Quels mecs-là ?

– Les vieux péquenauds.

– Et alors ?

– Alors, il l'a mise dans sa chambre à coucher ! Pas dans la cuisine ! Dans la chambre à coucher. Il y a quelque chose qui cloche. Et il a des tas de paquets de fringues neuves qu'il a même pas ouverts. Des baskets, des vestes en cuir, tout un tas de trucs. Entassés dans la chambre à coucher ! La chambre à coucher, merde !

– Tu penses qu'il les a volés ?

– Je sais pas. Mais j'ai vu le relevé de compte de mon oncle. Et il y a un paquet de fric qui est sorti récemment.

– T'as regardé le relevé de compte de ton oncle ? Mais ça se fait pas.

– T'es vraiment trop conne. »

Il entra dans la maison en passant par la fenêtre pour aller rejoindre la bouteille de gnôle.

Il était déjà assis à la table et se servait un verre quand elle le rejoignit.

« Je peux le voir, ce relevé de compte ? demanda-t-elle.

– Là, sur le buffet. »

Puis il ne put s'en empêcher, il ajouta d'un ton narquois : « Je croyais que ça se faisait pas. »

Elle alla prendre les papiers, chercha une lumière plus vive que celle du plafonnier et dut s'en contenter.

Elle regarda à son tour, médusée par tous ces chiffres, ces colonnes d'additions et ces quelques débits, récents, rares, mais spectaculaires. Il l'observait pendant qu'elle fronçait les sourcils en réfléchissant.

« Alors ? »

Elle haussa les épaules pour toute réponse.

« Ça fait des jours que tonton est plus là, que le fric sort du compte et que l'autre vieux péquenaud s'achète un écran plat. Qu'est-ce que tu dis de ça ?

– Et tu penses qu'on pourrait mettre la main sur ce fric ? demanda-t-elle en désignant les feuilles d'un signe de la tête.

– Ce serait bien.

– Ben oui, ce serait bien. »

*

Gilbert passa le matin avec encore mille euros. Il attendit un peu et comme prévu, James lui déclara qu'il avait des courses à faire. Parfait. Gilbert espérait qu'il en dépenserait un maximum. Il fit semblant de rentrer à la maison et guetta le retour de James. Gilbert était patient. Ça le gênait un peu de ne pas pouvoir être chez lui, il craignait que Gérard ne revienne faire encore un tour. Mais il ne pouvait pas non plus multiplier les allers-retours toute la journée.

James non plus ne fermait pas sa porte à clef. Et histoire de passer le temps Gilbert décida d'aller voir dans la maison. Il n'en connaissait que la cuisine. On ne va jamais au-delà de la cuisine en Dordogne. Il monta à l'étage. Il avait largement le temps. Quand il arriva sur le palier, il resta interloqué. Il n'avait jamais vu un tel bordel. Encore pire que la cuisine dis donc. Et il ne put s'empêcher de se dire à voix basse : « Oh dis ! Fi de lou, ce chantier ! » Par l'entrebâillement de la porte de la chambre à coucher, il voyait tout autour du lit défait, des monceaux de vêtements, homme et femme, à même le sol, des robes, des chemisiers, des sous-vêtements. Il y avait une tasse sale sur la table de nuit. Des livres ici et là, le rideau de la fenêtre était à moitié décroché. Il vit même sur la cheminée une assiette sale avec des traces de sauce brune. D'une certaine manière c'était rassurant. Quelqu'un qui vivait dans une telle pagaille ne pouvait pas être foncièrement honnête aux yeux de Gilbert. Il y avait dans ce désordre quelque chose de dépravé. Et c'était exactement ce qu'il lui fallait pour le moment, quelqu'un de dépravé mais pas trop. Un dépravé naïf. Il n'alla pas dans les chambres des enfants. Il en avait assez vu. Il aurait été étonné s'il avait ouvert la porte de la chambre de Jenny de se rendre compte qu'elle était d'un ordre et d'une propreté de maniaque.

Juste avant de repartir, il remarqua sur le mur un tableau avec un bateau et un drapeau anglais. Un peu penché sur le côté. Avec de grosses vagues, un ciel sombre, et le soleil qui baissait sur l'horizon. Gilbert n'aurait su dire pourquoi, mais ce tableau l'émut comme il avait été ému par le vieux pêcheur qui réparait son filet dans sa bulle sur la cheminée de Michel.

Il redescendit l'escalier d'un air pensif. Et il attendit James sur une des chaises de jardin en plastique. Il se répéta cent fois, mille fois, le discours qu'il allait lui faire. Et lui-même n'arrivait pas à croire aux paroles qu'il s'apprêtait à prononcer.

*

« Je ne sais pas où est tonton, dit Gérard qui retrouvait le sens de la famille, mais je suis sûr que c'est le vieux qui lui pique son fric.

– Quel vieux ?

– Le voisin, celui qui te donne des œufs, putain ! » Il poussa un long soupir de lassitude et commenta : « C'est quand même dingue ce que tu peux être conne. » Elle aussi poussa un soupir.

« Et tu penses qu'il est où ton oncle ? Tu dois bien avoir une idée ?

– Non, mais le vieux il en a une, lui, c'est sûr. Si ça se trouve il est mort.

– Tu crois que le vieux l'aurait tué ?

– T'as vu de quoi il a l'air ? Ça m'étonnerait. En même temps, on peut jamais savoir. »

Il se rappelait avoir croisé certains types en prison, dont on lui avait décrit les crimes. Il était « tombé de cul » comme il avait dit.

Il se pencha vers le chien pour lui caresser la tête, il lui prit le museau dans la main gauche, sourit, lui secoua la tête et dit : « Alors ? Hein ? Tu sais quelque chose toi ? » Et le chien se mit à s'agiter gaiement.

« Je peux jeter encore un coup d'œil sur les relevés de compte ? demanda Karine.

– Pour quoi faire ? répondit Gérard que la méfiance gagnait.

– Comme ça.

– Comment ça, comme ça ?

– Ben comme ça. Pour voir.

– Qu'est-ce que ça t'apporterait ?

– Je suis curieuse c'est tout. »

Il répondit « non », et ordonna : « Va me chercher la bouteille de gnôle dans la remise.

– Encore ?

– Qu'est-ce que ça peut te foutre ?

– On va rester ici encore longtemps ?

– Oui, je trouve tout à coup que ça vaut la peine d'attendre.

– Ou peut-être même de passer à l'action », dit-elle. Il se tourna vers elle d'un air étonné.

Ça ne lui ressemblait pas cette dernière remarque.

*

Gilbert était reparti. James ne savait pas qu'il l'avait attendu pendant tout le temps qu'avait duré son absence. Mais Gilbert lui avait expliqué à son retour d'où venait l'argent et pourquoi il n'y en aurait plus pendant un moment. Il faisait nuit maintenant, et James regardait le plafond de sa chambre plongé dans l'obscurité. Et il se disait : « James, tu as dépensé l'argent d'un vieux paysan mort et préservé dans un congélateur. Répète-toi ça un coup, James, pour voir si t'arrives à y croire. J'ai dépensé l'argent d'un vieux paysan français du Périgord, congelé, à quelques centaines de mètres d'ici dans son congélateur dans la cave ? »

Dans la nuit, dans le noir, ces mots lui paraissaient impossibles et pourtant ce n'était que ce que lui avait expliqué Gilbert. Et l'argent ? Bien sûr, c'était logique. Logique ? Comment la logique pouvait-elle se réfugier dans ces mots ? « Je dépense l'argent d'un voisin congelé » ? Il se rassit sur le bord du lit. Il avait le front moite. Il avait dépensé cet argent. Il en manquait maintenant. Il ne pouvait plus le restituer. Et Gilbert le savait. Le salaud. Est-ce qu'il pourrait tout mettre sur le dos de Gilbert ? Expliquer qu'il ne savait pas. Ah oui, tu ne savais pas ? Un vieux voisin t'apporte des liasses d'euros et tu les prends en disant merci et tu ne sais pas. Qui va croire ça ? Comment est-ce que tu as pu ramasser ce fric sans broncher, James ? James, tu es le roi des cons. Il se leva, arpenta la pièce, songea à descendre dans la cuisine se servir un whisky pour dormir. Il avait l'embarras du choix, l'après-midi même il avait fait quelques emplettes et rapporté un

Lagavulin, un Glenfiddich, un Glenmorangie, une marque qu'on ne trouvait pas en Angleterre et qui l'avait intrigué, une somptueuse bouteille de rhum et une de cognac, absolument royal.

Puis il songea, non, il fallait rester lucide. Ne pas se saouler la gueule pour une fois. Et les mots lui revenaient : « Mort dans le congélateur. » Michel ! Michel qu'il avait connu ! Chez lui dans le congélateur. Il aurait voulu avoir quatre ans, dire à sa mère, j'ai fait une bêtise et éclater en sanglots pendant qu'elle lui dirait : « Allons, allons, mon petit Jimmy calme-toi, c'est pas grave. » Sauf que c'était grave et que même sa mère lui aurait dit qu'on ne mettait pas les gens dans des congélateurs. Et puis merde, juste un verre. Il se dirigea vers la cuisine. Il revit Gilbert en pensée, là, assis au bout de la table en train de tout lui raconter. Et de lui expliquer qu'il « fallait faire quelque chose ». James n'avait pas fait les Falkland pour aller monter à l'assaut du congélateur où dormait Michel. Et éliminer Gérard. C'était ça qu'il voulait dire. « Quelque chose. » Tu parles de quelque chose.

Il était très bon ce cognac. Il s'en resservit un verre. Il se revit en train d'acheter la bouteille. Il repensa à ces quelques jours passés à « dépenser sans compter ». À oublier dans une sorte de transe ce que c'était que de ne pas avoir d'argent, de recevoir une lettre de la banque, de trembler à l'idée des répercussions quand on cédait à la tentation. Là, il n'avait connu rien de tout ça pendant ces quelques jours. Mais à quel prix ? En même temps, qu'est-ce qu'il avait fait de mal ? Il avait accepté un cadeau. Un cadeau un peu gros, il fallait l'admettre, mais il avait ignoré tout du long de ce que Gilbert avait fait. James continua à tourner en rond dans la pièce et dans sa tête en se resservant de ce cognac décidément exceptionnel. Il commençait même à tituber légèrement. Puis il retourna se coucher en se rappelant ce que lui avait dit Gilbert avant de partir. Que du fric, il ne pourrait plus y en avoir pour le moment. Mais qu'il en restait encore des montagnes sur les comptes de Michel.

*

Gérard décida qu'il était temps de rendre une petite visite un peu musclée au vieux. Il alla se rafraîchir le visage à l'évier de la cuisine. Putain de gnôle, ça pardonne pas, songea-t-il en se regardant dans la glace. Le chien était à côté de lui et remuait la queue comme s'il sentait une promenade à venir ou au moins un bol de pâtée. Gérard lui sourit et le caressa en secouant la tête, puis il dit au chien : « Touche pas à cette gnôle. La vache, ça tape. » Le chien le suivit à l'extérieur et il lui ordonna de rester là où il était. Le chien lui lança un regard triste et posa son museau sur ses pattes croisées.

« Où tu vas ? demanda Karine quand il passa devant la voiture où elle venait de se réveiller.

– Qu'est-ce que ça peut te foutre ?

– J'en ai marre de dormir dans cette bagnole. »

Il s'arrêta, poussa un soupir théâtral en baissant la tête et en laissant retomber les épaules.

« Il y a un lit dans la baraque, dit-il. C'est là que je dors. Alors me fais pas chier. Si c'est assez bon pour moi et le chien, c'est assez bon pour toi. »

Puis il continua son chemin. Karine songeait qu'elle en avait aussi marre de ce beauf. Parce que finalement, ce n'était rien d'autre. Et elle en avait marre de ce bled. Et marre de ne pas avoir de fric et elle repensa à ces relevés de compte ahurissants.

Gérard arriva devant chez Gilbert et entra sans frapper, comme la dernière fois quand il était allé faire son tour d'inspection. Sauf que cette fois, il ne prit pas la peine de se faire discret.

Gilbert qui n'attendait personne sursauta et ne put réprimer sa peur quand il vit ce type sec dans l'embrasure de la porte avec ses lèvres serrées, ce regard dur et cette coupe de cheveux impensable.

Gérard se rendit compte immédiatement que Gilbert avait peur et il ne put s'empêcher de sourire. Il la tenait, cette vieille merde, et il saurait bientôt à quoi s'en tenir sur le fric et la disparition de « tonton ».

Le vieux était assis devant un bol de café au lait. Une assiette triste avec deux tartines de beurre, un pot de confiture d'abricot. Il ne disait rien. Pas bonjour, pas qu'est-ce que vous faites là. Rien.

Et Gérard se contenta de lui demander en le tutoyant :

« Tu sais où est mon oncle ?

– Non. »

D'une voix tremblante. Merde. Il ne fallait pas avoir peur devant ce petit con mais c'était impossible.

« T'as fait des beaux achats, dis donc », ajouta Gérard en désignant le grille-pain d'un geste du menton.

« En quoi ça vous regarde, non mais ? » Gilbert ne pouvait se résoudre à le tutoyer comme un vieux copain.

« Et là-haut dans la chambre, hein ? Belles fringues, belle téloche, hein ?

– Non mais dites donc, vous êtes venu chez moi quand j'étais pas là ? »

Gérard sourit encore. Il devinait que Gilbert le savait déjà, même s'il faisait l'étonné.

« Oui, je suis venu chez toi. Et toi t'es venu chez mon oncle. Et je me demande bien ce que t'as foutu au juste, hein ? »

Gilbert regarda autour de lui, il n'avait pour se défendre qu'une cuillère et un pot de confiture. Et de toutes manières, il ne savait pas se défendre. Sa mère, elle, aurait su, il en était sûr. Elle t'aurait mis ce malpoli dehors en un rien de temps. Gilbert avait envie d'appeler sa mère.

« Qu'est-ce qui est arrivé à mon oncle ?

– Qu'est-ce que j'en sais, moi ?

– D'où tu sors tout ce fric ?

– Ça ne vous regarde pas. Sortez d'ici.

– Non, je ne vais pas sortir d'ici avant un moment. Tu as piqué ce fric à mon oncle ? Et lui, où il est ? »

C'est marrant, songea-t-il, j'apprécie pleinement ce moment, et à m'entendre on me prendrait pour un flic. Le comble. Il avait presque envie de rire mais ce n'était pas le moment. Sauf peut-être pour se foutre de la gueule du vieux et l'obliger à craquer.

« Tu l’as tué ?
– Ça va pas ? Michel était mon ami.
– Pourquoi tu dis “était”. Il est mort ?
– Non.
– Non ?
– Non. »

Gilbert s’était mis à trembler et il ne pouvait plus se contrôler.

« Moi, je crois que tu l’as tué.
– Non ! »

Il avait crié.

« Et que tu as piqué son fric. »

Gilbert avait tourné le regard vers le pêcheur de Vieux-Boucau qui réparait son filet dans sa bulle. Comme s’il pouvait lui venir en aide. Le vieux pêcheur avait l’air de se marrer. Gérard suivit son regard et prit un air perplexe. Pourquoi est-ce que le vieux regardait par-là ? Puis il se souvint. Ce vieux pêcheur, qu’il avait vu chez tonton.

Il se tourna de nouveau vers Gilbert qui disait : « Sortez de chez moi. » Et qui ajoutait après un moment : « Ou j’appelle la police. » Et Gérard sourit, fit un pas vers Gilbert et leva la main sur lui.

*

James se réveilla avec un épouvantable mal de tête. Il regarda sa montre posée sur la table de nuit, sur le livre qu’il n’avait pas ouvert depuis des jours parce qu’il était toujours trop saoul quand il montait se coucher.

Il regarda sa chambre. Il éprouva presque le même dégoût qu'elle avait inspiré à Gilbert quand il s'était introduit chez lui. Une chambre d'étudiant. Et d'étudiant un peu dégueulasse avec ça. Et après tout, quelle importance ? Il avait mal à la tête, mais il n'avait pas envie de rester au lit. L'idée l'angoissait. Il se souvint alors de ce que lui avait raconté Gilbert la veille. Et il secoua sa tête douloureuse avec incrédulité. Cette histoire de congélateur… Il entendit alors un bruit de moteur. Une voiture qui s'arrête, une portière qui claque. Il alla à la fenêtre en se dissimulant derrière le rideau. C'était le facteur qui venait glisser quelque chose dans la boîte aux lettres. Peut-être encore un relevé de compte. Non, le dernier était arrivé trop récemment. Finalement, ça ne l'intéressait plus, ce que pouvait déposer le facteur dans cette boîte qui ne recrachait que des mauvaises nouvelles.

Il attendit que le facteur se soit éloigné, puis descendit en caleçon dans la cuisine. Se demanda s'il allait d'abord se faire un café avant d'aller voir le courrier, puis trouva un compromis : il mit la bouilloire en marche pendant qu'il allait ouvrir la boîte aux lettres. Tous ses gestes étaient lents. Puis quelques mots lui traversaient l'esprit sans qu'il puisse y croire : « Six mille euros, congélateur, Michel. » Il ouvrit la boîte avec une certaine difficulté. Il y avait une enveloppe à l'intérieur. Un timbre avec des danseurs. Très coloré et de drôles de lettres. Comme du russe. Non, du grec. Ça venait de Grèce évidemment. Une lettre d'Ann. Putain, il manquait plus que ça. Il l'ouvrit tout de suite. Elle expliquait qu'elle resterait encore trois semaines.

Et que Harold avait été vraiment un ange surtout avec les enfants qui l'adoraient. James ne savait même plus ce qu'il ressentait.

Il éprouva le besoin de retourner immédiatement chez Gilbert et d'entendre la confirmation que tout ce qu'il avait raconté la veille n'était qu'une histoire à dormir debout, qu'il avait mal compris.

Il alla d'abord prendre une longue douche pour laver les effets de l'alcool. Il enfila des vêtements frais, comme s'il démarrait une nouvelle vie, et effaçait tout ce qui s'était passé jusque-là. Et Ann qui resterait encore trois semaines en Grèce. Moins, puisqu'il avait fallu le temps que la lettre arrive. Et depuis la Grèce ? Avec la Poste l'été… Si ça se trouve, elle l'avait envoyée déjà dix jours auparavant.

*

Il y avait beaucoup de bruit chez Gilbert. Du bruit comme jamais. Des meubles qu'on pousse, des cris. Comme une scène de ménage. Mais en pire. James entra quand même et vit Gilbert au sol, un bras levé pour se protéger. Gérard se tenait au-dessus de lui, le dominait de toute sa hauteur et était en train de lui dire : « Tu mens, vieille merde ! » Puis tout se fit en même temps, Gilbert vit James, Gérard tourna la tête et se rendit compte de sa présence dans la seconde qui suivit et déclara : « Tiens, le voilà celui-là, il tombe bien. »

L'espace d'une seconde, toujours cette même seconde, Gilbert avait cru qu'il serait sauvé, mais comment pouvait-il espérer que James qui n'avait connu la violence que sur les terrains de rugby de son école trente-cinq ans auparavant, au mieux, puisse lui être du moindre secours ?

« Entre, toi ! » gueula Gérard en s'approchant de James et en délaissant Gilbert pour le moment.

« Je parie que t'es dans le coup avec la vieille merde. » James lança un regard de terreur vers Gilbert. Il avait un œil gonflé, les cheveux collés au crâne par la transpiration. Et il sentit Gérard qui l'agrippait par l'épaule et le poussait au fond de la cuisine.

« Assis, toi, là », dit-il. Et James obtempéra immédiatement.

« T'es de mèche avec le vieux ? demanda Gérard.

– Mèche, quelle mèche ? » répondit avec son accent anglais James qui ne comprenait rien, mais se sentait gagné par la peur, parce qu'il était sûr, c'était évident, que tout ça avait un rapport avec ce que Gilbert lui avait raconté la veille. Il se retrouvait tout à coup au milieu d'un film de gangsters, avec de sales types qui frappent d'autres sales types ligotés à des chaises. Sauf que là c'était vrai. Et il y avait en plus un mort dans un congélateur.

« Joue pas au con avec moi », dit Gérard en fermant le poing.

James ne fit pas mine de se défendre, il ne leva pas le bras. Et de façon assez caricaturale pour un Anglais serra les lèvres et durcit son regard, histoire de ne pas montrer qu'il avait peur. Gérard baissa le poing. Il l'avait étonné, l'Anglais.

« Assieds-toi, dit Gérard.

– Qu'est-ce qui se passe ici ?

– Assieds-toi ! répéta Gérard en parlant plus fort.

– Je ne veux pas m'asseoir. »

C'est pas vrai, songeait Gérard, il va me faire chier comme ça encore longtemps ? Gilbert se relevait en s'aidant du coin de la table.

« Toi, avec quoi est-ce que tu as acheté toutes les saloperies qui sont dans ta chambre et où est mon oncle ?

– Ne lui répondez pas, Gilbert », intervint James comme dans les films qui se passent dans un tribunal.

Gérard s'approcha de lui et lui asséna une claque.

James porta une main à sa joue avec un regard de stupéfaction puis de haine, il sentait une chaleur humiliante sur le côté du visage qui gagnait toute sa tête. Là, il aurait voulu avoir Gérard, les mains liées dans le dos, à genoux, sur le bas-côté de la route. Et il lui aurait tiré une balle dans la nuque. Comme dans les films de guerre cette fois. Mais avant il l'aurait tondu, il ne serait rien resté de cette horrible coupe de cheveux. Puis Gérard appuya une main sur l'épaule de James et l'obligea à s'asseoir.

Gérard remarqua alors que la remise fermait à clef. Il se sourit à lui-même. Il n'y avait pas de fenêtre dans cette « cave » périgourdine, en tous points semblables à celle de Michel. Il allait les enfermer là-dedans pendant qu'il referait un petit tour de la maison. Mais avant il ordonna : « Videz vos poches.

– Quoi ?

– Videz vos poches. Allez ! Allez ! »

James et Gilbert se regardèrent, hésitèrent un instant, un peu gênés de se trouver si lâches l'un en face de l'autre, puis ils s'exécutèrent. James posa quelques centimes sur la table, un mouchoir en papier qui avait dû traîner un bon moment au fond de sa poche et la clef de sa boîte aux lettres.

Gilbert posa un mouchoir à carreaux bleus jauni par la morve, un Opinel, quelques pièces.

« Retournez vos poches, maintenant.

– Je ne peux pas », répondit James qui portait un jean.

Gérard alla le passer à la fouille comme un vigile dans un aéroport, même si ses références l'auraient incité à se comparer plutôt à un gardien de prison.

Gilbert retourna sa poche et un billet de cinquante euros flambant neuf en tomba malgré ses efforts pour le cacher. Gérard sourit encore une fois. Il souriait beaucoup ce jour-là.

« D'où il vient celui-là ? » demanda Gérard en désignant le billet d'un hochement de tête.

Gilbert ne répondit pas et prit un air boudeur.

Gérard espérait qu'il aurait un chéquier, une carte bleue un document qui lui prouverait que le vieux était en train de claquer le fric de tonton avec son copain l'Anglais.

Il leur désigna la cave : « Entrez là-dedans, ordonna-t-il.

– Quoi ?

– Vous allez pas me faire répéter à chaque fois, non ! Allez, là-dedans. »

Encore une fois, ils obéirent comme des écoliers punis et entrèrent dans la cave. Gérard poussa James dans le dos pour accélérer la cadence et il tourna la clef dans la serrure.

Puis il se dirigea à nouveau vers l'escalier pour quelques fouilles supplémentaires à l'étage.

Il ne put s'empêcher de ressentir un certain amusement en regardant les saloperies que le vieux s'était achetées. Quant aux fouilles, elles ne durèrent pas très longtemps. Il avait là sous les yeux, sur la table de chevet, exactement ce qu'il cherchait : une carte bleue avec un code au crayon gras sur un bout de papier aussi jaune que le mouchoir du vieux. Dans l'écriture de son oncle, mais ça, Gérard ne pouvait pas le savoir, même s'il le devinait et là, sur la carte en petites lettres dorées ce nom : Michel Pauzac.

*

Au moment où Gérard pensait que Gilbert était un imbécile d'avoir laissé la carte bleue de son oncle sur sa table de chevet, Karine trouvait ce qu'elle cherchait sur la table de chevet de Michel qui était devenue celle de Gérard : les relevés de compte.

Elle s'était vaguement demandé où il était parti et ce qu'il foutait puis elle s'était dit qu'elle s'en foutait de ce qu'il foutait. Elle s'était assise sur le bord du lit dégueulasse qui sentait le chien, le vieux et la sueur humaine, et elle se mit à déchiffrer ces petits hiéroglyphes mathématiques qui lui racontaient l'histoire d'une fortune pharaonique.

Elle entendit alors un bruit de moteur à l'extérieur. Elle se leva, alla voir à la fenêtre, souleva le rideau comme une vieille paysanne ou une concierge parisienne des années soixante et vit le type de l'autre jour. Dans une chemise à manches courtes jaune avec une cravate orange. Le banquier.

Elle descendit l'escalier presque en courant. Il était maintenant à la porte et frappait. Elle passa la tête par la fenêtre cassée et lui sourit :

« Faut passer par la fenêtre, dit-elle.

– Ah bon ? »

Elle haussa les épaules, lui sourit encore une fois. Puis avec une petite moue conclut : « C'est comme ça.

– Mais comment ça se fait ? Vous savez où est monsieur Pauzac ?

– Non.

– Vous voulez entrer ?

– Par la fenêtre ? »

Elle haussa les épaules encore une fois. Il lui trouva tout à coup quelque chose de… de vulnérable. Ce sourire. Ces épaules étroites. Il haussa les épaules à son tour, répondit : « Pourquoi pas ? »

*

Gérard était assis à la table de la cuisine, comme tout le monde à la campagne. Et il réfléchissait. Il était en train de séquestrer deux types. Il en avait frappé un. Dans sa situation, c'était pas exactement une bonne nouvelle. Mais ces deux types avaient trafiqué quelque chose de pas propre, avec le fric de son oncle. Tonton… Est-ce qu'ils l'avaient tué ? À les voir, ça l'aurait étonné. Faut pas se fier aux apparences mais quand même… Gérard avait soif tout à coup. Il alla ouvrir le buffet et tomba sur le Label 5. Un petit coup. Allez. Il jouait nerveusement avec le bouchon de la bouteille qu'il n'avait pas replacé.

Puis il eut une idée de génie. On allait continuer comme ça. Après tout, il n'en avait rien à foutre de ce qui était arrivé à tonton et si ces deux cons avaient trouvé le moyen de mettre la main sur son fric, autant en profiter. Il alla leur ouvrir la porte et leur dit de s'asseoir avec lui autour de la table de la cuisine.

James et Gilbert échangèrent un regard incertain.

Puis Gilbert demanda : « Qu'est-ce que vous voulez faire de nous ? » Il trouva lui-même que ça faisait un peu dramatique télé comme question. En même temps, la situation aussi, alors…

« Rien de spécial. On va continuer comme ça, répondit Gérard.

– Quoi ?

– Vous avez trouvé le moyen de mettre la main sur le fric de tonton et on va continuer comme ça.

– Quoi, tous les trois ?

– Oui, tous les trois, sauf que le fric c'est pour moi. Vous en avez assez piqué comme ça. »

Et puis Gérard se sentait quand même l'héritier légitime. C'était pas une mauvaise solution : les deux cons se mouillaient, ils ne pouvaient l'accuser de rien et lui les envoyait faire les courses en quelque sorte. Et il n'avait pas peur d'eux. Il n'y avait qu'à les regarder. Puis au bout d'un moment, il s'en irait. Avec le fric en liquide et il passerait un moment euh… en Espagne par exemple. Mais il emmènerait pas cette conne de Karine. Il en avait soupé. Faisait chier. Et avec le fric, de toute manière il pourrait se payer mieux. Il pourrait même se barrer en Thaïlande, tiens, et inviter une nana. Une mieux que Karine.

« Je ne comprends pas de quoi vous parlez », fit James en interrompant les rêveries de Gérard.

« C'est très simple, tu vas voir. Tu as un papier un stylo ? »

Gilbert le regardait d'un air méfiant. « Un papier un stylo, merde ! Ça non plus tu comprends pas ? »

Gilbert se dirigea vers le buffet, et sortit un vieux carnet à spirale jauni et un stylo-bille. Gérard lui adressa un sourire caustique, comme dans les films, il commençait à apprécier son rôle et il imitait un gros malin de cinéma, un peu à la Al Pacino.

« Vous allez faire des courses, dit-il. Je vais vous faire la liste.

– Des courses ?

– Ben oui, vous êtes des experts tous les deux. Et tu vas aller retirer de l'argent et me le rapporter. Comme t'as fait. Et attention, n'essaye pas de m'arnaquer parce que je verrai sur le relevé combien t'as pris. D'ailleurs tu me ramèneras le ticket. Et te mets pas dans la tête de faire un deuxième ticket parce que comme je t'ai dit, il y aura le relevé. Bon… »

Il sortit le bout de sa langue au coin des lèvres puis il ajouta, très sérieusement cette fois et sans imiter personne : « Et il faut aussi aller acheter à manger. Alors… »

Puis avec une lueur d'enfant dans les yeux, il fit la liste de ce qu'il aimait le plus. Il finit même par une crème Mont Blanc à la pistache.

« Et si je reviens pas ? demanda Gilbert d'une voix tremblante, presque chevrotante.

– Et t'irais où ? »

James lui lançait des regards angoissés.

« Chez les gendarmes ? ajouta Gérard. Qu'est-ce que tu vas leur raconter ? »

Et il avait raison.

*

Elle lui donna la main pour l'aider à descendre du rebord de la fenêtre à l'intérieur de la cuisine.

« Je suis le conseiller financier de monsieur Pauzac, dit-il. Jean Lapierre. Je suis très inquiet pour monsieur Pauzac, j'ai essayé de le contacter. Il ne lui est rien arrivé j'espère ? Excusez-moi de vous poser cette question, mais vous êtes qui par rapport à lui ? »

Elle hésita quelques instants avant de répondre : « Euh… je suis sa nièce.

– Ah, c'est vous qui allez vous marier ? Félicitations. »

Il éprouva un léger regret, une sorte de frisson de nostalgie. Toutes les jolies filles se mariaient, visiblement. Elle lui adressa un sourire crispé en plissant le front et en se demandant : « Mais qu'est-ce qu'il raconte ? »

« Ah. Et vous ne savez pas où il est ?

– Qui ?

– Votre oncle.

– Non. Vous voulez vous asseoir ? »

Il fronça les sourcils, puis répondit : « S'il n'est pas là, je ne vais pas m'attarder. Vous ne savez pas quand il va revenir ? Il n'est pas à l'hôpital ?

– Non, je ne sais rien. Vous vouliez lui dire quelque chose en particulier ? »

Oui, il voulait lui demander pourquoi il y avait eu ces « mouvements » sur son compte comme on dit dans les banques. Mais il ne pouvait pas confier ça à sa « nièce ». C'était marrant mais avec son jean noir, son débardeur et ses Doc Martens, il avait du mal à l'imaginer dans une robe de mariée.

« Je vous souhaite tout le bonheur possible, » dit-il avec un sourire affable.

Elle lui lança un regard vide. Décidément, elle ne savait visiblement pas de quoi il parlait mais elle était en train de se dire que ce n'était pas le moment de répondre une connerie. Alors tout simplement elle répondit : « Merci. » Et ce fut Lapierre qui ne sut plus comment continuer la conversation et qui la considéra avec le même regard idiot qu'elle lui avait lancé quelques secondes auparavant.

Elle faillit proposer : « Vous voulez boire quelque chose ? » quand elle se souvint qu'elle n'avait que de la gnôle à lui offrir.

Comme il ne savait plus quoi dire, il déclara : « Bon, ben, tenez-moi au courant. » Sans trop savoir de quoi elle pourrait bien le tenir au courant. Il lui tendit une carte de visite qu'elle mit dans la poche arrière de son jean noir. Puis elle lui donna la main pour l'aider à ressortir, encore une fois par la fenêtre. Il n'arrivait pas à y croire.

Elle remonta l'escalier pour se replonger dans l'étude des relevés de compte de « monsieur Pauzac ».

*

Le petit voyou lui avait dit de ne rien oublier. Et Gilbert regardait la liste qu'il tenait d'une main tremblante. Il était passé à la banque. Il avait tiré la somme que lui avait demandée cette petite merde, ce salaud. Huit cents euros pour commencer. C'était de la folie tout ça, ça allait finir par se voir. N'empêche qu'il avait bien fait de prêter tout ce fric à cet imbécile d'Anglais parce qu'ils étaient dans le même sac maintenant. Il l'avait senti. C'était la seule chose qu'il avait faite correctement dans tout ça. Quand il avait vu l'autre débarquer avec sa pouffiasse aux cheveux sales. Il en était arrivé à la crème Mont Blanc et l'étiquette avait éveillé en lui des souvenirs anciens. Il revit le visage de sa mère. Il lui semblait retrouver le goût de ce truc-là, sauf que lui son parfum préféré c'était pas la pistache, c'était le praliné. Il se demanda s'il oserait prendre une deuxième boîte. Une au praliné. Il n'osa pas. Il passa devant les couteaux de cuisine, il y en avait des grands. Des couteaux de boucher. Il poussa un soupir. Il vit passer quelqu'un qu'il connaissait au bout du rayon. Une des infirmières qui venaient voir sa femme quand elle était malade. Oh mon Dieu. Si tous ces gens savaient ce qu'il avait fait. S'ils pouvaient seulement s'imaginer. Il alla à la caisse, pétrifié, le front plissé. Il craignait de rencontrer quelqu'un d'autre. Qui lui demanderait pourquoi il achetait de la vodka. Il n'en achetait jamais. Et puis qu'est-ce que ça pourrait leur faire s'il achetait de la vodka. Il se ressaisit. Se mit dans la queue. Il n'y avait que deux personnes devant lui. Pourquoi avait-il été assez con pour venir faire les courses ici au lieu d'aller plus loin. À Piégut, par exemple, où il aurait été sûr de ne croiser personne de sa connaissance. Il hésita à acheter une « poche » en plastique supplémentaire, parce que sa mère avait toujours été contre. Du gaspillage.

*

Jean Lapierre s'était remis à réfléchir. Il s'était interrompu quand il avait vu cette nièce, là. Il l'avait trouvée, comment dire ? Fragile. Vulnérable, oui, c'était le mot, décidément. Ce regard. Ce sourire un peu timide. Il avait dû lui-même sourire mais avec moins de charme, avec la mollesse d'un flanc aux œufs. Puis tout à coup, il se demandait pourquoi il avait fallu rentrer chez le vieux Pauzac en passant par la fenêtre. Il se demandait aussi qui elle allait épouser. Sûrement un con. Mais c'était bizarre quand même parce qu'on ne pouvait pas dire que la résidence Pauzac respirait les préparatifs de mariage. Et quand il l'avait félicitée, elle avait presque paru étonnée. Peut-être était-ce simplement parce qu'il était au courant, lui, le banquier, du mariage de la nièce de son client. On ne dit pas tout à son banquier. Ou peut-être que si ? C'était marrant tout de même, il était en train de se dire qu'il en avait aussi peut-être marre d'être banquier. Il tourna dans le parking du supermarché et vit à ce moment-là le vieux Gilbert Bost qui en sortait.

*

Quand il arriva à la maison, Gilbert demanda à Gérard où était James. Gérard lui désigna la porte de la cave d'un signe de tête.

« Je l'ai enfermé », expliqua-t-il. Puis il ajouta en s'allumant une cigarette : « Apporte les courses. »

Gilbert obtempéra et Gérard vérifia que tout était bien là. Son visage s'éclaira quand il vit la crème Mont Blanc. Il l'ouvrit tout de suite et alla se chercher une cuillère pour manger à même la boîte.

Il demanda : « T'as acheté le whisky et la vodka que je t'ai dit ?

– C'est là.

– T'en veux un verre ?

– Non merci.

– Et maintenant l'argent. »

Gilbert lui tendit une liasse de billets soigneusement pliés. Gérard ouvrit la bouteille et demanda : « T'as un verre ?

– Là, répondit Gilbert en désignant le buffet Henri II.

– Hé ben va me le chercher. »

Gilbert n'en revenait pas, il lui parlait comme à Karine. Il s'exécuta, et alla poser un verre en Pyrex sur la table.

« T'es sûr que t'en veux pas ? »

Gilbert ne put s'empêcher de laisser échapper un soupir d'agacement. Gérard le regarda par en dessous en haussant les sourcils. C'était comme une menace. Comme un avertissement.

Gérard but une généreuse gorgée de whisky, ressentit immédiatement une vague de nausée et songea :

« Merde, j'aurais pas dû bouffer toute la boîte de crème Mont Blanc. »

Puis il désigna la porte de la cave à Gilbert et lui dit : « Tu vas aller dormir avec ton copain. »

*

Karine avait descendu tous les papiers et se trouvait à l'endroit même où Michel avait trépassé en faisant ses comptes. Elle était là comme une expert-comptable à faire un bilan. Et malgré son sérieux, elle non plus n'en revenait pas. Toute cette fortune ! Et récemment toutes ces dépenses, tout d'un coup. La colonne des débits qui se remplissait enfin. Et comment ! Et le vieux qui avait disparu. Pour aller faire la bringue. S'acheter des tas de trucs. Mais s'il avait acheté des tas de trucs, où est-ce qu'il avait bien pu les mettre.

Elle était tellement absorbée dans ses pensées, sous la petite ampoule qui diffusait une lumière jaunâtre qu'elle faillit ne pas entendre les pas à l'extérieur, puis le chien qui se mettait à glapir et à aboyer et la voix de Gérard qui criait « Ta gueule ! » Elle comprit immédiatement qu'il était saoul. Un petit cri aigu de douleur. Gérard venait encore une fois de donner un coup de pied au chien. Puis il parlait à l'animal d'une voix pâteuse : « Allez, fais pas la gueule ! Allez, reviens là ! Allez, j'ai pas tapé si fort. C'était pour rire. »

Elle devinait qu'à l'extérieur le chien se méfiait, n'osait plus approcher, ne comprenait plus ce qui se passait. Pourquoi ce type qu'il adorait venait de lui donner un coup de pied, et Karine sentit son estomac qui se nouait.

Elle vit alors Gérard qui se penchait à la fenêtre et la regardait depuis l'extérieur, avec un sourire mou et des yeux embrumés puis qui lui adressait un baiser de loin en avançant ses lèvres encore humides d'alcool.

Il enjamba le rebord de la fenêtre et entra en disant « ben quoi, tu m'aimes plus ». Puis il se pencha au-dessus d'elle et vit les relevés de compte de son oncle.

« Qu'est-ce que tu fous là ? dit-il.

– Rien, je regardais des papiers.

– Tu regardais des papiers ? »

Et elle sentit qu'il la saisissait par les cheveux.

*

Gilbert et James se retrouvaient dans la cave encore une fois.

« Vous croyez qu'il est parti ? demanda James.

– J'en sais rien, moi.

– On ne va quand même pas passer toute la nuit ici ?

– Puisque je vous dis que je n'en sais rien. Au moins il y a de la lumière. Le salaud n'a pas pensé à enlever l'ampoule.

– À votre avis, il aurait pu faire ça ?

– C'est possible.

– Et nous, maintenant, qu'est-ce qu'on va faire ? »

Gilbert ne répondit même pas cette fois. Et James songea qu'Ann allait bientôt rentrer. Pas dans cette situation, c'était pas possible. Peut-être que s'il expliquait à ce… ce… ce Gérard que sa femme rentrerait bientôt, il le laisserait partir ou il s'en irait. N'importe quoi. C'était bien le genre de Gérard.

« Il faudrait le tuer », dit James à haute voix, immédiatement effrayé par les paroles qu'il venait de prononcer.

Gilbert le regarda longuement sans rien dire, puis répondit : « Ma grand-mère, elle aurait su faire. C'était elle qui tuait les bêtes à la ferme. Moi, j'ai jamais fait ça. »

James songea que lui non plus, il n'avait jamais fait ça, pas plus à un homme qu'à un lapin. Puis il se demanda comment ils allaient dormir. Regarda sa montre : ça faisait une heure qu'ils étaient là-dedans et que lui, James, tournait en rond. Gilbert avait accaparé le seul tabouret. En même temps, vu son âge c'était un peu normal. Mais comment est-ce qu'ils allaient dormir ? Tu vas te retrouver à dormir par terre dans une cave, enfermé avec un vieux paysan français, se dit James. Et il eut l'impression en se formulant la situation dans laquelle il s'était mis qu'elle se désintégrerait. Ça ne pouvait pas lui arriver, ça ne pouvait pas continuer comme ça.

« Il n'y a rien à boire ici ? demanda-t-il à Gilbert.

– Du pineau, répondit Gilbert. »

C'est pas vrai, songea James à part lui-même. Et Gilbert ajouta : « Au moins on a à manger, c'est là que je mets mes conserves. »

James avait envie de pleurer.

Il s'allongea sur le sol dans une position fœtale en songeant que cette petite merde avec sa coupe de cheveux allait les laisser enfermés là toute la nuit.

« Qu'est-ce que vous faites ? demanda Gilbert.
– Je me mets à l'aise », répondit James sans pouvoir retenir un petit rire amer.

*

Lapierre était au café à Nontron quand il entendit dire que les Combes étaient morts, les deux vieux qui accumulaient des montagnes d'argent et qui retiraient depuis quelque temps de grosses sommes sans qu'on sache vraiment pourquoi. On lui apprenait qu'on les avait trouvés la veille. C'était le facteur qui se rendait compte qu'ils ne prenaient plus le courrier. Ben tu penses, ils étaient seuls dans le village. Heureusement encore qu'ils ne refusaient pas les prospectus publicitaires. Comme personne ne leur écrivait jamais et qu'ils ne recevaient que ces factures, si ça trouve on aurait pu attendre encore trois mois avant de se rendre compte… déjà que là, ils étaient dans un sale état. Mais qu'est-ce que tu veux ? c'est comme ça…

Jean Lapierre ne finit pas son café, il laissa quatre euros sur le bar et n'attendit pas la monnaie. Il retourna à sa voiture et se dirigea tout droit vers le village des Combes et leur grosse maison carrée en vieille pierre.

Le soir tombait, c'était encore l'été mais il aurait pu se croire en hiver. Il se demanda comment ça s'était passé. Le facteur avait dû frapper à la porte. Pas de réponse. Il avait vidé la boîte aux lettres, regardé les lettres une à une, s'il y en avait en plus des fameuses factures, jamais très élevées. Est-ce qu'il avait tourné la poignée de la porte ? Est-ce qu'il les avait trouvés là ? Lui, la tête dans la soupe et elle, morte, assise sur son petit banc dans la cheminée ? Morts tous les deux. Est-ce qu'ils étaient morts en même temps ? Il ne savait pas de quoi. De vieillesse comme on disait.

Et quand au café, il avait appris la nouvelle, il avait revu devant ses yeux les liasses de billets qu'ils réclamaient pour les rapporter chez eux. « Là où ils sont, on ne les trouvera pas. » Disaient-ils.

Lapierre arrêta sa voiture juste devant la porte. Il y avait peu de chance d'être vu. Les Combes étaient les derniers habitants du village. Tous les autres étaient déjà morts. Lapierre n'en avait connu aucun.

La porte était fermée à clef. Il chercha une pierre, en trouva une sans difficulté dans la cour, puis alla casser le carreau de la fenêtre du bas. Il repensa brièvement à la nièce du vieux Michel Pauzac. C'était la deuxième fois en quelques jours qu'il entrait dans une ferme par la fenêtre. Puis il songea que c'était faux, il n'avait jamais fait que ça au cours des années passés, avec son ordinateur. Chaque fois qu'il l'allumait c'était comme s'il ouvrait la fenêtre et entrait sans être vu chez les gens. Mais là, il était entouré d'objets, de meubles, même s'il y en avait peu. Tous les chiffres qu'il consultait sans cesse s'incarnaient dans ces tables, ces buffets, ces bibelots idiots et ces assiettes ébréchées. Rien n'avait bougé depuis sa dernière visite. Tout dans ce monde était couleur de bois et de pierre jusqu'à la photo du fils mort encadré sur le buffet, toujours Henri II, forcément Henri II. Il n'y avait qu'une touche éclatante : le calendrier des pompiers sur le mur, accroché à un clou avec la photo de groupe sur laquelle Lapierre reconnaissait certains de ses clients. « Oh, ils le trouveront pas, l'argent. Là où il est. » La phrase lui revenait et le faisait sourire. Il se mit à la recherche de la chambre à coucher. À l'étage. Deux chambres à coucher. Un papier peint qui datait d'avant-guerre. Avec des bouquets de fleurs dans des teintes jaune et orange passées. Un crucifix au-dessus de la porte. C'était propre. La vieille avait peut-être pris soin de faire le ménage en se sentant mourir. Parce qu'elle s'inquiétait de ce qu'on dirait d'elle une fois qu'elle serait morte. Et la respectabilité d'une femme se mesure parfois à la qualité de son ménage. Il ne savait pas qui était mort en premier, mais il pensait que c'était sûrement lui. Les hommes meurent avant les femmes. Si ça avait été le contraire d'ailleurs, la maison n'aurait pas été aussi propre et aussi en ordre.

Il hésita quelques instants avant de soulever le matelas. C'était bien là. Des liasses de billets tenues ensemble par de vieux élastiques un peu trop fins, ils avaient rechigné à en acheter des neufs.

Lapierre aurait voulu une valise pour les emporter. Mais il n'y avait pas de valise ici. Personne ne partait nulle part. La dernière fois qu'on en avait eu besoin, c'était quand le cadet était allé au service militaire. Parti soldat.

Il prit les liasses de billets de cinq cents euros puis s'en emplit les poches. La veste, le pantalon, il chercha un sac en plastique dans la cuisine et n'en trouva pas. Il retourna à sa voiture. Prit son sac Lidl avec les commissions, il balança le tout dans le coffre, n'importe comment, avec frénésie et remonta l'escalier jusque dans la chambre à coucher. Il savait que c'était celle de monsieur, parce que dans la deuxième, la lampe de chevet avait un abat-jour avec des pompons d'un rose vieilli. Et sous le matelas de madame Combes, il n'y avait pas de billets. Il alla quand même voir dans l'armoire. Oui, elle les avait mis entre les draps. Même s'il les aimait bien, il en avait toujours un peu voulu aux Combes, non pas de retirer en liquide des sommes qui pouvaient faire trois fois son salaire, mais de ne pas savoir comment dépenser leur argent, ne pas savoir se faire plaisir et faire plaisir aux autres. Et il allait leur montrer. Il se fit un balluchon avec un de ces draps en lin, propre et repassé et le remplit de billets. Puis il quitta la maison avec le balluchon sur le dos comme les « bandits » dans les livres pour enfants. Il se demanda s'il voulait emporter autre chose. Un souvenir des vieux Combes. Puis il décida que non. Il mit le balluchon dans le coffre et décida de rentrer à la maison.

*

« Qu'est-ce qui vous est arrivé ?
– Elle a fait comme vous deux, elle a été trop curieuse et voilà le travail, hein ma chérie ? »

Gérard était allé leur ouvrir la porte de la cave. Il était accompagné de Karine. James commençait tout juste à s'endormir vaguement, son sommeil était troublé de rêves étranges. Gilbert n'avait pas pu fermer l'œil. Quand il entendit la porte s'ouvrir, James se releva lentement, il avait mal au dos, et sur le côté aussi. Et à la tête parce que pour s'aider à s'endormir il s'était finalement dit que ça aurait pu être pas mal de boire un peu de pineau de Gilbert au goulot. Et il en avait finalement bu un peu trop. Tout ce sucre… Gilbert avait refusé de l'imiter.

Et c'est quand Gérard ouvrit la porte qu'il vit le visage de Karine et qu'il lui demanda ce qui était arrivé.

Elle avait un œil au beurre noir, les lèvres gonflées, on la reconnaissait à peine, mais on décelait toujours une sorte de tristesse dans le regard, forcément accrue par le spectacle de la violence qu'elle venait de subir. Elle avait aussi un bleu à la pommette.

« Bon, on va aller faire les courses encore une fois, hein ? déclara Gérard. Toi, le vieux, tu vas aller tirer encore mille euros. » Puis se tournant vers Karine il demanda : « Et toi, ma chérie tu veux quelque chose ? » Et sur un ton tendre : « Allez, on va pas se faire la gueule toute la journée. Oublie pas ce que tu m'as dit hier soir. Ça m'a mis en rogne, c'est tout. »

Karine baissait la tête, gardait le silence. « Allez, dis ce que tu veux, des fringues, du parfum, tout ce que tu veux. »

Elle secoua la tête en regardant le plancher.

« Bon ben tant pis, si tu veux être comme ça… »

Il prit le carnet dont il s'était déjà servi, un crayon à papier HB, putain le vieux n'a même pas de stylo.

« Aujourd'hui je veux des côtes d'agneau, dit-il en regardant dans la direction de Gilbert. Avec des haricots. Et une bouteille de tequila. On va prendre des œufs aussi. Élevés en plein air. Une petite bouteille de bergerac ou deux. Et du bœuf. Élevage local. Deux entrecôtes. Ça devrait suffire pour quatre. Putain on va se régaler. Toi tu restes avec moi, ajouta-t-il à l'attention de Karine. T'es sûre que tu ne veux rien ? Allez... »

À ce moment-là, elle aurait voulu le tuer mais ça, ça ne pouvait pas figurer sur la liste.

Gérard se leva, tendit le bout de papier à Gilbert et lui dit : « Bon, ben dépêche-toi, on t'attend.

– Je prends la voiture ?

– Ben oui, sauf si tu veux y aller à pied. »

Quand Gilbert partit faire les courses pour sa nouvelle famille recomposée, Gérard sortit dans le jardin pour aller pisser.

« C'est lui qui vous a fait ça ? » demanda James à Karine.

Elle fit une petite grimace de dégoût suivie d'un rire amer et répondit :

« Et qui voulez-vous que ce soit ? »

Il hésita une seconde, puis il lui dit : « Vous devriez porter plainte. »

Elle le regarda avec un air amusé et lui demanda : « Et vous, pourquoi est-ce que vous ne portez pas plainte ? »

Elle venait de lui donner une idée.

*

Gilbert était à Nontron cette fois pour tirer du fric. Il vit passer une voiture pleine de gendarmes. Il les regarda du coin de l'œil. Il ne savait pas s'il avait plus peur d'eux ou de Gérard, ou de Michel transformé en glaçon dans sa maison. Par lui, Gilbert. C'était lui, Gilbert, qui avait fait ça. Il attendit que les gendarmes tournent au coin de la rue où se trouvait le cinéma pour mettre la carte dans le distributeur de la BNP. Il irait ensuite au Crédit agricole, juste à côté. Quand les billets sortirent, il fut tenté d'en piquer pour lui-même. Puis il songea, à quoi bon ? qu'est-ce qu'il allait en faire de cet argent maintenant qu'il était prisonnier d'un voyou ? Et si ce voyou se rendait compte en lisant les relevés que Gilbert avait barboté du fric, il serait capable de lui réserver le même sort qu'à Karine, sa copine. Un œil au beurre noir, un nez cassé… Il était trop vieux pour souffrir comme ça. Il passa devant l'armurerie. N'y pense même pas.

*

« Merde, j'ai oublié de lui demander de prendre des clopes. Va falloir que j'y aille tout seul », déclara Gérard. Puis il se tourna vers James et Karine :

« Vous deux, entrez là-dedans, dit-il.

– Tu vas m'enfermer ? »

Il avait décidé qu'il ne pouvait pas aller se promener avec une fille couverte de bleus. Surtout ce type de bleus, tout le monde aurait tout de suite compris.

« Me fatigue pas, répondit-il. Rentre là-dedans. »

Puis, en guise de plaisanterie, il ajouta :

« Soyez sages. Faites pas de bêtises, là, ensemble. »

Ça ne les fit pas rire.

Une fois au volant de sa voiture, il se rendit compte qu'il n'avait pas de monnaie et qu'il allait devoir payer avec un billet de cinq cents euros. Est-ce que c'était gênant ? Est-ce que le commerçant allait le signaler aux flics ? On se méfiait des billets de cinq cents euros. Et puis tant pis. Il achèterait des cartouches. Ouais, ça ce serait génial. Il n'avait jamais acheté une cartouche de sa vie. Il n'avait jamais eu les moyens. Et puis il achèterait une nouvelle voiture. Il en avait marre de sa 405 pourrie avec la peinture qui pèle. Il pourrait s'acheter une voiture de sport, une décapotable. La classe.

*

« Vous ne pouvez pas accepter ça, dit James en regardant Karine qui lui tournait le dos.

– Parce que vous croyez que j'ai le choix d'accepter ou de refuser. Et puis mêlez-vous de vos affaires.

– Vous devriez porter plainte.

– Vous me l'avez déjà dit.

– Il y a une gendarmerie à Saint-Pardoux. »

Elle ne répondit pas.

« Et comment est-ce que j'irais de toute façon. Il a toujours les clefs de la voiture sur lui et je ne vais pas y aller à pied.

James plongea la main dans sa poche et en sortit des clefs.

« Tenez, c'est les clefs de ma voiture. Il ne va pas vous tenir enfermée ici tout le temps. J'habite à côté. Si vous suivez le chemin jusqu'au pigeonnier et vous tournez à gauche, il y a une espèce de chemin rural, c'est au bout. Vous verrez, c'est une Peugeot. »

Elle paraissait perdue. Elle regardait le sol. Puis elle leva les yeux vers James et prit les clefs qu'il lui tendait, sans rien dire, pas même un merci et elle les mit dans sa poche. Il se demanda même si elle n'allait pas piquer sa bagnole et partir pour de bon, et l'abandonner plus loin. Ou même la vendre. Puisque la carte grise était dans la boîte à gants.

« Vous êtes marié ? demanda-t-elle tout à coup.

– Oui.

– Votre femme n'est pas là ? Avec vous ?

– Non, elle est en vacances.

– Ah ? Elle est partie sans vous ?

– Ben oui. »

Il commençait à se demander où ça allait mener, tout ça.

« Ça vous rend pas triste.

– Euh, non, c'est bien pour les enfants.

– Vous avez des enfants ?

– Oui, un garçon et une fille.

– Ils ont quel âge ?

– Neuf et douze ans. »

Elle hocha la tête, songeuse, elle ne demanda pas quels étaient leurs noms. Et lui n'arrivait pas à croire qu'il parlait de sa famille, là, séquestré dans une cave avec une femme d'une trentaine d'années qui venait de se faire casser la gueule. Ça n'avait aucun sens comme aurait dit sa femme ou sa mère. Le genre de trucs qu'il ne pourrait même pas raconter à table au cours d'un dîner. En attendant il fallait se sortir de là, de cette espèce de rêve, parce que d'avoir mentionné ses enfants lui rappelait qu'il devait absolument se retrouver dans la normalité et plus vite que ça. D'autant plus qu'Ann était en train de revenir à la maison. Imagine qu'elle y soit déjà et qu'elle voie une bonne femme avec une gueule ravagée monter dans la voiture et disparaître, comme ça, sans dire un mot, tandis que son mari était Dieu sait où.

Il songea tout à coup qu'il pourrait rentrer chez lui. Quoi ? À deux cents mètres ? Comme si ça suffirait pour que Gérard ne vienne pas le chercher. Et il se retrouverait dans le même état que Karine et il ne pouvait pas non plus décemment laisser tomber Gilbert. Même si la décence n'avait pas beaucoup de place dans toute cette affaire.

D'ailleurs c'était trop tard, Gilbert revenait avec les commissions. James venait d'entendre un bruit de moteur. À moins que ce ne fût Gérard d'ailleurs. Gilbert entra et déclara : « Tout est dans le coffre, moi je me repose, je suis crevé. » Puis il se rendit compte qu'il n'y avait personne dans la pièce. Il tourna sur lui-même. Il appela : « James ? Il y a quelqu'un ? James ? »

Et il entendit la voix étouffée de James qui lui répondait derrière la porte de la cave. « On est là ! On est enfermés ! »

Gérard avait laissé la clé sur la table de la cuisine. Une de ces grosses clefs anciennes en fer rouillé, comme dans les livres d'enfants, de ces clefs qu'on ne met pas dans la poche.

Gilbert ouvrit.

Ils restèrent là, tous les trois dans cette pièce. Même Karine ne fit pas mine de partir. « Alors ? » demanda James.

« Je ne sais pas.

– Alors quoi ? interrogea Gilbert.

– Je lui ai donné les clefs de ma voiture et je lui ai dit d'aller porter plainte chez les gendarmes à Saint-Pardoux.

– Et elle peut aussi le faire par téléphone.

– Pour qu'ils viennent ici. Ils savent d'où proviennent les appels. »

James l'avait étonné.

« C'est vrai, vous avez raison. Comment vous savez ça ?

– Je l'ai vu dans un film et c'est la même chose pour les portables d'ailleurs. Les gars se servent de leurs portables et ils ne savent même pas qu'on peut les localiser avec ça.

– Oui bon, mais pourquoi est-ce que vous ne faites pas ce qu'il vous dit ? » demanda Gilbert à Karine.

Ce fut un nouveau bruit de moteur à l'extérieur qui lui apporta la réponse, Gérard était revenu.

Il avait acheté ses clopes et encore une bouteille. Du cognac. Au supermarché, où il avait aussi pris un paquet de cartes. Il leur proposa de faire une belote. Personne n'avait envie de jouer.

James tournait en rond, Gilbert et Gérard étaient assis à table, et Karine regardait par la fenêtre.

Finalement, Gérard se servit un cognac. Il regarda sa montre : « Déjà quatre heures de l'après-midi, dit-il. Ça passe plus vite que je pensais. Vous êtes sûrs que vous voulez pas faire une belote ? »

Il n'y avait que lui qui parlait. Tous les autres ruminaient et se demandaient comment se débarrasser de lui, Karine y compris. Gérard se servit un deuxième cognac. « Quelqu'un veut un cognac ? demanda-t-il. C'est pas si mal. Ça a un goût assez euh… fort et délicat à la fois, c'est étonnant ça. » Personne ne le contredit et personne ne l'approuva non plus. Il avait commencé par boire à petites gorgées et les gorgées se faisaient de plus en plus longues. Autour de lui ils avaient tous peur. James avait honte. Qu'est-ce qu'aurait dit son grand-père qui avait fait la Deuxième Guerre mondiale dans les tanks et qui d'ailleurs n'en parlait jamais. James s'imagina aux commandes d'un tank, un gros, le Cromwell, et passant avec ses chenilles sur la tête de Gérard. Il n'en serait resté que quelques cheveux.

« Ça va durer encore longtemps comme ça ? demanda-t-il.

– Juste quelques jours.

– Ma femme doit rentrer de Grèce bientôt et…

– Ta femme est en Grèce ? »

James ne répondit pas.

« Elle est partie toute seule ou avec un copain ? »

James fit un geste menaçant, avec une telle maladresse qu'on aurait pu croire à un simple mouvement d'humeur. Et Gérard lui asséna une claque retentissante qui fit se retourner Karine. Elle se mit à hurler : « Stop ! Stop ! Arrête ! » James se tenait la joue. Et Gérard cria : « Ta gueule ou je te fous encore une rouste. »

Puis il se resservit à boire. Il vida le verre d'un trait. Et déclara : « Puisque c'est comme ça, vous deux vous allez dans la cave tout de suite. » Ils obéirent. Il était à peine cinq heures, moins même et Gilbert regretta de ne pas avoir barboté le paquet de cartes qui était resté sur la table. Histoire de faire une belote avec James. Ou même une patience. Mais James n'avait pas la tête à ça. La dernière remarque de Gérard lui revenait sans cesse en tête : « Avec un copain ? Avec un copain ? » Et son éclat de rire. Il n'avait jamais ressenti une telle rage.

« Je pourrais le tuer, dit-il en s'adressant à Gilbert.

– Non, vous ne pourriez pas », répondit Gilbert sur un ton amer.

*

Lapierre avait vidé son balluchon sur son lit. Une montagne de papier. Qui pouvait se transformer en un continent de petits achats, de réconforts. Et Lapierre avait ses pauvres, un peu comme une dame patronnesse. Les Combes étaient morts. Alors… Néné allait pouvoir s'acheter un survêtement fluo s'il le voulait. Et puis il trouverait un moyen d'aider ces Anglais, avec cette femme qui lui avait plu mais qui lui plaisait moins depuis qu'il avait rencontré la nièce du vieux Pauzac. La vulnérable.

Et pour lui-même ? Qu'est-ce qu'il allait s'acheter ? Il ne savait pas vraiment. Il n'avait envie de rien, et ce constat lui fit peur tout à coup. Il repensa à cette jeune femme dans la maison du vieux Pauzac où il fallait désormais passer par la fenêtre. Il avait été tellement impressionné par cette fille, qu'il ne s'était même pas rendu compte que la situation ne tenait pas debout. Depuis quand est-ce que les promises entraient chez leurs oncles absents par la fenêtre, habillées de débardeurs noirs et de Doc Martens ?

Il songea qu'il devrait aller voir encore une fois. Avec le vague sentiment qu'il se mentait à lui-même, qu'il se foutait pas mal de ce qui se passait chez le vieux Pauzac et que c'était elle qu'il voulait revoir.

Il continua à faire des piles de billets de cinq cents euros. Ça allait être difficile de redistribuer tout ça. Il alla allumer son ordinateur tout en réfléchissant au meilleur moyen de faire le bien sans se faire prendre.

*

Ni James ni Gilbert n'arrivaient à dormir, et cette fois James avait décidé de ne pas avoir recours au pineau et encore moins à la gnôle qui encombrait les étagères de la cave. Comme du gaz liquide. James s'en souvenait. Les bouilleurs de cru lui avaient un jour fait goûter ça. « Venez monsieur James, elle vient de sortir. » C'était une eau bleuâtre. On lui en avait servi un plein verre en Pyrex, de l'alcool à quatre-vingts degrés. Il avait eu l'impression d'être sous LSD toute la journée. Les sons paraissaient lointains, les couleurs éclatantes. Il n'y avait plus touché. Même quand on lui disait, c'est de la prune, et on lui mettait la bouteille sous le nez en ajoutant : « Vous sentez, la prune ? » Il ne sentait rien à part l'alcool qui lui brûlait les narines. Le plus souvent c'était dans une bouteille de limonade, comme là, devant lui, dans la cave de Gilbert.

Quand ils entendirent du bruit dans la cuisine, ils échangèrent un regard. James consulta sa montre, il était trois heures du matin. Et quand James le fit savoir à Gilbert à haute voix, ils ressentirent tous deux une peur contagieuse. Puis le bruit de la clef, la grosse clef rouillée qui tournait dans la serrure.

James était convaincu à ce moment que Gérard était venu les tuer et dans sa panique, il tourna la tête de droite et de gauche à la recherche d'une arme. Il n'y avait là que des vieux outils dont il aurait été incapable de se servir tant pour bricoler que pour se défendre. Il attrapa une vieille scie sans savoir ce qu'il pourrait bien en faire.

La porte s'ouvrit. C'était Karine.

Ils la regardèrent trois ou quatre secondes, sans rien dire. Puis Gilbert demanda : « Où est votre copain ?

– Il est au lit, ivre mort », répondit-elle.

Puis après un long moment, elle ajouta : « Il a vidé la bouteille de cognac, puis la moitié d'une bouteille de tequila. Il a essayé de me frapper encore une fois, mais il ne tenait pas debout, il est tombé par terre. Quand il s'est relevé, il est allé vomir dans l'évier. Il m'a dit de nettoyer, il m'a traitée de connasse puis il est monté se coucher en rampant presque dans l'escalier.

– Il dort dans le lit de Michel ? » demanda Gilbert vaguement choqué par la chose.

Et elle hocha la tête.

« Pourquoi est-ce que vous êtes venue nous ouvrir ? demanda James.

– Je vais m'en aller. Je voulais vous rendre vos clefs de voiture.

– Ah merci… »

Il avait complètement oublié qu'il lui avait donné les clefs de sa Peugeot.

« Demain matin, j'irai porter plainte, dit-elle. À la gendarmerie. J'en ai marre de ce salaud.

– Vous avez tout à fait raison », approuva James tout en s'inquiétant un peu de ce qui allait se passer.

Elle leur dit : « Bon ben au revoir. » Et elle tourna les talons. James eut un petit pincement au cœur.

« Qu'est-ce qu'on va faire maintenant ? » demanda-t-il à Gilbert.

Gilbert prit deux bouteilles de gnôle et l'entonnoir de sa grand-mère sur l'étagère et lui dit : « Suivez-moi. » Puis il tendit une des bouteilles à James qui le considéra avec une certaine inquiétude. Est-ce qu'il allait s'asseoir à la table de la cuisine et s'envoyer de la gnôle maintenant ? Mais Gilbert ne s'assit pas à table, il sortit de la maison. James le suivit et demanda : « Où on va ?

– Chez Gérard.

– Chez Gérard ?

– Oui, enfin chez Michel, quoi. »

Ils entendirent le bruit de la 405 de Gérard qui s'éloignait dans la nuit. Karine était partie.

« Qu'est-ce qu'on va faire ?

– Vous allez voir. »

Gilbert retrouvait confiance. James beaucoup moins. Il pensait qu'on se dirigeait vers une absurdité de plus. Gilbert enjamba le rebord de la fenêtre avec souplesse et détermination. Il marqua un temps d'arrêt une fois dans la cuisine. Les deux jeunes avaient fait un de ces bazars… Des assiettes sales, et du vomi dans l'évier, des bouteilles vides ici et là. Ce chantier ! On aurait presque pu se croire chez James si ce n'était la chaise renversée qui témoignait encore d'une scène de violence. À moins que Gérard ne soit rentré dedans en titubant. La bouteille de cognac était là. Il avait dû emporter l'autre dans son lit. Et évidemment ils n'avaient pas éteint la lumière avant de partir. Si Michel avait vu ça... Et ses papiers qui étaient restés là sur la table, n'importe comment, tous les relevés de compte et les documents de la banque. Franchement...

Ils montèrent l'escalier lentement et entendirent des ronflements d'ivrogne. Réguliers, sonores.

Quand ils arrivèrent sur le palier, le chien quitta le lit pour leur faire la fête. La porte de la chambre était ouverte. Gérard s'agitait très vaguement dans son sommeil. Gilbert entra, se posta à côté du lit et considéra Gérard avec dans le regard une haine qui effraya James. Celui-ci lui toucha l'avant-bras. Comme pour le retenir d'aller plus loin.

Puis Gilbert ordonna : « Tenez-le par les épaules. » Il n'avait pas pris la peine de baisser la voix.

« Vous êtes sûr ? demanda James en murmurant. Qu'est-ce que vous allez faire ?

– Vous allez bien voir. »

James s'appuya de tout son poids sur les épaules de Gérard. Gilbert déboucha la première bouteille de gnôle. Transparente, de l'alcool à soixante-dix ou soixante degrés, minimum. Il la posa sur la table de nuit. Il prit les cheveux de Gérard avec une rage vengeresse, comme un Mohican qui va scalper un Iroquois. Puis il lui pinça les narines, l'obligeant à ouvrir la bouche et y enfonça l'entonnoir de sa grand-mère. Il retrouvait le geste ancestral qui avait fait la fortune du Périgord, des Landes et du Gers et le malheur de toutes les oies et de tous les canards que ces régions avaient vu naître.

Puis il déversa la bouteille de gnôle dans la gorge de Gérard. Et il commenta : « Comme ça, il va dormir. »

James précisa tout de même : « Il ne faudrait pas non plus qu'il meure d'un coma éthylique.

– Non, il faudrait pas », approuva Gilbert qui ajouta : « Je ne vais peut-être pas mettre toute la deuxième bouteille. »

Gérard était inerte sur le lit, il respirait toujours bruyamment, ce qui était rassurant, d'une certaine manière.

« Et maintenant ?

– Maintenant, le congélateur », répondit Gilbert comme s'il invoquait en vain le nom du Seigneur. Il se dirigea vers la cave, et sortit une toute petite clef de sa poche. Ils restèrent tous deux pendant un bon moment devant le congélateur. Comme s'ils méditaient devant une tombe. James n'osait plus rien dire. Puis Gilbert se secoua comme un animal qui s'ébroue et se força à mettre la clef dans la serrure. Il hésita encore avant de soulever le couvercle. Une lumière bleue les éclaira tous deux comme quand, dans les films de science-fiction, deux explorateurs ouvrent le sarcophage d'un extraterrestre. Ils restèrent interdits devant le corps gelé de Michel. James avait l'impression d'être un assassin ou en tout cas un profanateur de sépulture. Il voulait se dire qu'il rêvait. Il n'y arrivait pas. Il avait presque envie de pleurer.

« Il n'a pas bougé », remarqua Gilbert et James se tourna lentement vers lui. Il n'avait jamais rien entendu d'aussi idiot.

C'était vrai pourtant, Michel était là, dans ces rayons bleus, toujours comme l'esprit du froid. Comme un être féerique dans la vitrine de Noël d'un grand magasin.

« Qu'est-ce qu'on va faire ? répéta encore une fois sans se lasser James.

– On va le sortir et le remettre à la table où je l'ai trouvé. Devant les papiers. Aidez-moi. »

Ils se mirent à tirer sur les bras, mais le corps et la tête étaient collés aux parois du congélateur.

« On ne peut pas attendre qu'il décongèle, remarqua James.

– Peut-être que si on faisait chauffer une casserole d'eau ?

– Non. » Puis après quelques secondes de réflexion supplémentaires. « Ça ne marchera pas. On ne pourra jamais le décongeler avant que les gendarmes arrivent.

– Ils ne viendront pas avant le matin. Ça m'étonnerait qu'elle trouve quelqu'un à la gendarmerie à cette heure-ci.

– Je sais pas. Et puis même…

– Alors quoi ?

– Alors on va le laisser comme ça avec le couvercle légèrement ouvert.

– Ça fait drôle quand même.

– Il n'y a rien d'autre à faire. »

Et ils laissèrent Michel là avec le couvercle mi-ouvert, pas tout à fait dans une position fœtale. James prit un torchon et essuya soigneusement les bords et le haut du congélateur. À cause des empreintes digitales. Il avait vu ça dans encore un autre film.

Sur le chemin du retour, comme ils regagnaient la maison de Gilbert dans un premier temps, celui-ci remarqua : « C'est dommage, j'aurais bien aimé acheter encore deux ou trois choses. »

James ne répondit pas. Peut-être avait-il les mêmes pensées.

« Les gendarmes vont sûrement venir nous interroger, dit-il.

– Oui, peut-être mais c'est pas sûr non plus. Ça leur ferait de la paperasse. Ça le dira. »

*

Karine avait déposé plainte pour coups et blessures et elle quittait juste la gendarmerie de Saint-Pardoux quand elle entra de plein fouet dans une autre voiture. Elle sortit en songeant : « C'est pas vrai ! J'en finirai jamais avec les emmerdes. » Quand elle reconnut le type dans l'autre voiture. C'était le banquier avec la chemise à manches courtes jaune sauf que cette fois elle était rose. Il vint voir comment elle allait et s'effraya de l'état de son visage. Elle avait des bleus partout. « Mon Dieu, dit-il, vous ne vous êtes pas fait ça pendant l'accident. » Et elle secoua la tête sans expliquer ce qui lui était arrivé. « Je ne crois pas que vous pourrez aller beaucoup plus loin avec votre voiture », dit-il. Elle haussa les épaules.

« Je peux vous déposer quelque part ? » demanda-t-il. Elle leva les yeux vers lui et elle accepta. Il songea que pour avoir l'air vulnérable, elle avait vraiment l'air vulnérable ce matin-là.

Il conclut en disant : « Va falloir faire un constat. »

*

Quand Ann revint de Grèce, James l'accueillit chaleureusement. Il ne lui demanda pas toutefois comment s'étaient passées ses vacances. Il lui expliqua qu'il avait emprunté de l'argent pour faire des placements financiers fructueux. Elle le regarda d'un air dubitatif et il lui déclara : « Tu sais, Ann, je crois que tu m'as toujours sous-estimé. »

*

Gérard eut beaucoup de mal à se réveiller. Quand il y parvint, il se retrouva entouré de gendarmes. Il fut accusé d'avoir tué son oncle en l'enfermant vivant dans son congélateur. « Une mort atroce », avait commenté un des gendarmes.

*

James et Gilbert se voyaient moins souvent, ils éprouvaient une certaine gêne, l'un en face de l'autre.

Un jour, alors qu'il croisa Gilbert sur le chemin, James remarqua d'un air contrit : « Quand on y pense, Gérard a payé pour un crime qu'il n'avait pas commis. »

Et Gilbert lui répondit : « Oui, mais il en aurait été capable. »

pca
cmb
édition pré-presse
livres numériques

44400 Rezé

IMPRIM'VERT®

Achevé d'imprimer
en septembre 2024
par Corlet
14110 Condé-en-Normandie

Dépôt légal : septembre 2024
N° d'imprimeur : 24070716
Imprimé en France